기획의 말

그리운 마음일 때 'I Miss You'라고 하는 것은 '내게서 당신이 빠져 있기(miss) 때문에 나는 충분한 존재가 될 수 없다'는 뜻이라는 게 소설가 쓰시마 유코의 아름다운 해석이다. 현재의 세계에는 틀림없이 결여가 있어서 우리는 언제나 무언가를 그리워한다. 한때 우리를 벅차게 했으나 이제는 읽을 수 없게 된 옛날의 시집을 되살리는 작업 또한 그 그리움의 일이다. 어떤 시집이 빠져 있는 한, 우리의 시는 충분해질 수 없다.

더 나아가 옛 시집을 복간하는 일은 한국 시문학사의 역동성이 드러나는 장을 여는 일이 될 수도 있다. 하나의 새로운 예술작품이 창조될 때 일어나는 일은 과거에 있었던 모든 예술작품에도 동시에 일어난다는 것이 시인 엘리엇의 오래된 말이다. 과거가 이룩해놓은 질서는 현재의 성취에 영향받아 다시 배치된다는 것이다. 우리는 현재의 빛에 의지해 어떤 과거를 선택할 것인가. 그렇게 시사(詩史)는 되돌아보며 전진한다.

이 일들을 문학동네는 이미 한 적이 있다. 1996년 11월 황동규, 마종기, 강은교의 청년기 시집들을 복간하며 '포에지 2000' 시리즈가 시작됐다. "생이 덧없고 힘겨울 때 이따금 가슴으로 암송했던 시들, 이미 절판되어 오래된 명성으로만 만날 수 있었던 시들, 동시대를 대표하는 시인들의 젊은 날의 아름다운 연가(戀歌)가 여기 되살아납니다." 당시로서는 드물고 귀했던 그 일을 우리는 이제 다시 시작해보려 한다.

기획의 말

그리운 마음일 때 'I Miss You'라고 하는 것은 '내게서 당신이 빠져 있기(miss) 때문에 나는 충분한 존재가 될 수 없다'는 뜻이라는 게 소설가 쓰시마 유코의 아름다운 해석이다. 현재의 세계에는 틀림없이 결여가 있어서 우리는 언제나 무언가를 그리워한다. 한때 우리를 매혹케 했으나 이제는 읽을 수 없게 된 옛날의 시집을 되살리는 작업 또한 그 그리움의 일이다. 어떤 시집이 빠져 있는 한, 우리의 시는 충분해질 수 없다.

더 나아가 옛 시집을 복간하는 일은 한국 시문학사의 역동성이 드러나는 장을 여는 일이 될 수도 있다. 하나의 새로운 예술작품이 창조될 때 일어나는 일은 과거에 있었던 모든 예술작품에도 동시에 일어난다는 것이 시인 엘리엇의 오래된 말이다. 과거가 이룩해놓은 질서는 현재의 성취에 영향받아 다시 배치된다는 것이다. 우리는 현재의 빛에 의지해 어떤 과거를 선택할 것인가. 그렇게 시사(詩史)는 되돌아보며 전진한다.

이 일을 문학동네는 이미 한 적이 있다. 1996년 11월 황동규, 마종기, 강은교의 첫 시집들을 복간하며 '포에지 2000' 시리즈가 시작됐다. "생이 덧없고 허기질 때 이따금 가슴으로 암송했던 시들, 이미 절판되어 오래된 명성으로만 만날 수 있었던 시들, 동시대를 대표하는 시인들의 젊은 날의 아름다운 연가(戀歌)가 여기 되살아납니다." 당시로서는 드물고 귀했던 그 일을 우리는 이제 다시 시작해보려 한다.

낯선 길에 묻다

문학동네포에지 004

성석제 시집

낯선 길에 묻다

시인의 말 1
—『낯선 길에 묻다』에 부쳐

어느 때인가 나 자신의 시와 멀리 떨어진 길을, 평행선을 그리며 가고 있다고 생각한 적이 있었다. 가끔 두 길이 만나기도 하는 것은 순전히 내 사정을 잘 아는 벗들의 도움이라 여겼다.

시의 반듯한 길에 비하면 지리멸렬하고 삐뚤삐뚤한 길들이 훨씬 지루하지 않다. 또한 모든 길은 깊이가 없다는 점에서 평등하다. 시의 길에는 별다른 이정표조차 보이지 않고 사는 길의 지도는 도처에서 팔고 있다.

어릴 때 나는 가끔 길 위에서 잠들었다. 잠을 깨면 그 사이 무척 많은 길을 다녀온 듯 기꺼운 피로가 몰려왔다. 시의 길을 걸어다니는 것이 바로 어린 날 길 위의 잠으로 느껴지곤 한다.

이런 나의 게으름을 참아준 많은 사람에게 감사하지 않을 수 없다. 이 시집이 공연히 그들의 서가를 비좁게 하지 않으면 좋으련만.

1991년 6월 12일 오후
성석제

시인의 말 2
—『검은 암소의 천국』에 부쳐

삶.
생명.
생겨남. 부드러움. 휨. 구부러짐. 자라남. 못남. 흔듦. 흔들림.
살핌. 생각. 느낌. 맛. 냄새. 봄. 들음. 들림. 섬. 앉음.
유쾌. 슬픔. 기꺼움. 초록. 자주달개비. 진달래.
움직임. 꿈틀거림. 뛰어오름. 비약.
봄. 초여름. 늦가을. 초겨울.
나라. 식구. 벗들. 말굽 모양 우주.
생식(生殖). 또 생식(生食).
지지고 볶고 구워 삶고 먹힘. 살. 보리.
땀. 눈물. 콧물. 때.
융기. 수축. 확산. 윤회.
중얼거림. 말. 외침. 울부짖음. 노래. 노래. 노래. 노래……
노래.
또렷이. 살며시. 멀리. 깊이.
슬픈 듯이 또한 빠르게.
기쁜 듯이 또한 느리게.
또한.
사랑.
사람.
삶.

1997년 3월

성석제

개정판 시인의 말

1986년, 20대 후반에 시인으로 데뷔하고 나서 약 6년 동안 백여 편의 시를 쓰고 발표했다. 1991년에 첫 시집 『낯선 길에 묻다』를 내고 1997년에 두번째 시집 『검은 암소의 천국』을 출간했다. 2020년이 가기 전에 두 시집을 추려 하나로 묶는다.

그동안 무수히 많은 단어와 문장이 나를 통과해갔지만 다시 생각하여도 시를 쓰고 있을 때의 나를 부러워하지 않을 도리가 없다. 가급적 손을 대지 않으려고 했으나 지나치게 헐거운 것, 터진 것은 버리고 메우고 기웠으며 어울리지 않는 단어를 약간은 바꾸었다. 이 또한 인지상정이라 여겨주기 바란다. 실로 오랜만에 시를 매만지면서 부러움과 부끄러움 사이의 내밀한 열락을 맛보았다.

도움을 주신 많은 분께 감사한다.

2020년 시월
성석제

차례

제2부 꽃 한 송이 한 그루 나무

제1부 낯선 길에 묻다

유리 닦는 사람

그는 한 집안의 기둥이었고 서른 살 먹은 남자,
고층건물의 유리를 닦고
수당을 받기 위해 더 높은 곳을 원했다.
머리가 짧고 왼손잡이였던 사람,
지나가던 사람들이 이마에 손을 얹고 쳐다볼 때
그도 땀을 닦다가 아래를 내려다보곤 했다.

그가 떨어진 것에 대하여
안전벨트 회사에서는
이중 고리가 한꺼번에 풀렸을 리는 없다고 주장했다.
그가 다니던 용역회사에서는 흔치 않은 사고라고 말했다.
자살일지도 모른다고 누군가 말했고
그럴 수도 있겠지, 누군가 끄덕였다.
여동생은 그건 보험회사의 억지라고 말했다.
꿈자리가 사납더니.
어머니는 울면서 되풀이했다.
가족들은 오랜만에 모두 모였다.
장의사는 화장을 권했고
동료들은 이번 기회에 수당을 올리자고 수군거렸다.
그러는 동안 모두 그의 죽음을 알게 되었다.
이중의 안전 고리가 풀리고
그가 떨어진 건 사실이다.
몸을 트는 순간, 세상이 문득 기울고

한순간 완전히 뒤집힌 것도,
바늘이나 쇳덩이나 떨어지는 속력이 같은 것도,
그가 손목에 시계를 차고 있던 것도,
시계처럼 튕겨 부서진 것도 사실이다.
그가 죽은 날은 기념일도 휴일도 아니었다.
어디선가 아이들이 태어나고 장례식이 치러졌다.
월급쟁이들은 출근을 하고
신호등은 규칙적으로 불빛을 바꾸었다.
포장도로는 딱딱하고 동상은 빛났다.
그는 검토가 필요가 없을 정도로 완벽하게 죽었기 때문에
의사는 천천히 걸어왔다.
구경꾼이 모여들고 아이들은 뒷골목으로 쫓겨났다.

검증이 시작되었다.
의사는 맥박을,
경찰은 시간을,
보험회사는 사고를,
용역회사는 위험수당을,
동료들은 스스로의 손금을,
가족들은 그의 푸른 나이를,
온도계는 겨울을 확인했다.
그들은 논의하고 결정지었다.
그는 죽었다.

동료들은 재빨리 돌아갔고
가족들은 천천히 돌아갔다.

유리는 맑거나 흐리거나 유리이다.

고층 건물의 어두운 유리창을 통해서
밖을 내다보는 사람은 별로 없다.
들여다보기 위한 것도 아니다.
말하기 위한 것도 듣기 위한 것도 아니다.

그를 기억하는 사람도 별로 없다.
스스로 말할 수도
들을 수도
볼 수도 없게 된
유리 닦는 사람을.

산책자

꽃향기일까
나는 돌아본다
마을로 가는 숲길

새소리, 나뭇잎에 흔들리고
소스라친다, 들러붙는 그림자에

빛에 둘러싸인다
위에선 무엇인가
가지를 기울인다
얼마나 빠져나가야 할까

꼬리가 무거워진다
코를 들고
나는 집중한다

사람의 말소리가
들리기 시작한다
꽃이 보이며
향기가 느껴진다

나뭇가지를 들었다 놓는 새들
멈추어야 한다

멈춰야지, 그들에게 들키기 전에

삶은 달걀 곁에

원래 무엇이었을까.
한 번도 깨져본 적이 없는
매끄럽게 한쪽으로 기울어진 이 물질.
파리 한 마리, 또
파리만한 비행체가 천천히 맴돌고 있다.
이…… 달걀 위에서
아래에서 건너편에서
침묵하는 것들은
원래 어디에 있었을까.
또하나, 삶은 달걀 곁에
같이 기우뚱해 있는, 뭘까.
다만 매끈하고, 다만 생각하는
표정을 신나게 짓고 있는, 또
스스로에게 보이지 않을 뿐일
이…… 달걀 곁, 삶은.

공 속의 산책
—지방색 4

둥근 얼굴, 나무뿐 아니다. 길도 하늘도 둥근 황금빛 얼굴. 둥근 강에 둥근 배를 띄우는 주민들, 여러분은 이 둥근 날씨에 어디로? 그들은 아직 신품, 당황하여 대답한다. 둥글지 않은 섬이 있다고 들었지요. 정복하려고요. 모든 대답의 후렴은 이렇다. 둥글지 않으면 안 되니까요.

집수리

설계가에게서 이야기 들었다
집이란 지어질 때부터 무너지기 시작하는
생물표본과 같은 것
시멘트는 저희끼리만 있으려고 하고
모래도 섞여 있기를 싫어해
하나씩 부스러져 달아난다는 것

그렇다면 대목수(大木手)여
당신은 얼마나 위대한 억지를 부리고 있는가
당신의 일생이 다하기도 전에
물은 새나가고
시멘트는 시멘트대로 날아가며
모래는 모래대로 떨어져나가리라는 것을 알면서
벽을 쌓고 창을 달고
지붕을 깃발처럼 솟게 하며
귀엽고 튼튼한 자물쇠마저 달 궁리를 하니

그 속에 살아야 할 우리는
어쩌란 말인가
수도관이 터져 불빛이 흘러나오고
벽에서 불쑥 꽃이 피어나며
창으로 낯모르는 아이들이 날아들어올 때
얼마나 더 애원하고 불평하란 말인가

우리에게서 물이 흘러나오고
불이 흩어지고
죽음이 날아가버리는 것도
잡지 못해 안달하며 사는데
대목수여
도대체 우리를 어쩔 작정이신가

한 상사

저녁이 골목 앞까지 다다르면
아이들은 뛰어들어가버린다.
방범등 하나 빛나고
빗방울이 떨어진다.
신문 때문에 얼굴이 보이지 않는 약사,
우체통과 서점,
반바지 차림으로 파리채를 휘두르는 정육점 주인,
불 밝은 미장원을 지나면
외상 때문에 말다툼하는 쌀가게를 만난다.
문득 낮은 간판, 종합 수리 서투른 글자 밑에
시계와 부서진 전축, 흑백텔레비전 사이
작은 사내가 앉아
밖이 자신을 들여다보도록 버려둔다.
그가 빗소리에 귀를 대고
외눈 안경을 낄 때
누군가 그의 등뒤 어두운 가겟방에
속옷만 입고 잠들어 있다.
입술에 붙은 파리를 쫓아줄
사람도 없이 소리도 없이
네 살배기 딸은 자고
이제 그는 고집불통의 뚜껑을 열어
먼지 낀 부속을 집어낸다.

문은 열린 채 삐걱거리고

그의 추억도 열린다.
그는 죽은 아내를 생각하지만
아직 곁으로 갈 수 없다.
월남을 돌아보지만
거기 오래 머물지 않는다.
직업군인이 되려고 했던 군대 시절로,
시계 수리를 배우던 스무 살로,
고아였던 어린 날로
바늘은 돌아가고 시계는 고쳐진다.

트럭을 고치려고 소대가 멈춘 사이
적은 기습해왔다.
소대는 여덟을 사살하고
셋을 생포했다.
그는 눈 하나를 잃고
두 개의 목발을 얻었다.
귀국했을 때 그를 위해 울어줄 사람은 없었고
그 자신도 울지 않았다.
밤낮이 교대로 기습해올 때
다시 시계 수리공이 되었다.
적은 연금의 지원사격을 받으면서
외눈 안경을 끼면 낡은 부속밖에 보이지 않는
세상과 자신을 고치기 시작했다.

결혼을 했다.
그보다 나이가 많았지만 착한 여자,
이웃들은 그를 다시 보았다.
마흔이 넘은 아내가 딸을 낳았을 때
거품처럼 솟아오르는 웃음소리를 들었다.
산후가 좋지 않은 아내 대신
분유를 사러 가는 즐거운 목발 소리에
서점 주인은 알은체했고
쌀가게에선 외상 독촉을 미루었다.
신문에서 읽은 것 같다고 약사가 말했고
미장원 가위 소리 사이에 그의 얘기가 들리곤 했다.
열흘 후, 아내는 죽었다.
너무 늦은 출산이라 약한 산모가 견딜 수 없었다고
누군가 말했을 때 그는 울지 않았다.
월남에서 돌아온 후 처음으로 술을 마시고
가게 앞에 모인 사람들에게 가라고 손짓을 할 때도
눈물은 떨어지지 않았다.
딸을 업고
유골을 목에 걸고
둘러선 사람들을 헤치고
목발을 짚고
골목을 빠져나갈 때까지
그의 눈물을, 아무도 보지 못했다.
그의 두 손이 하는 일이 얼마나 많은지

누구나 알게 되었다.
딸이 자라면서 방글거릴 때마다
그의 눈물이 조금씩 풀려나온다는 것도 알게 되었다.
누구나 안다,
딸이 그의 눈물을 불러내는 솜씨를,
그가 사는 작은 집,
고장난 물건으로 가득찬 가게를.
무엇이라도 고장이 나면
사람들은 그에게 간다.
이 골목에서 가장 늦게까지 환히 불 밝힌 가게로
무엇이든 가져가고 싶어한다.
이제 그는 외눈 안경을 벗는다.
덜 고친 시계를 밀어놓는다.
누군가 오고 있다.
맨발에
속옷 바람으로 눈을 비비면서
아빠 아빠 하고 울먹이면서.

지금 그는 웃고 있다.

박수근

어딘가에서 내려오는 줄사다리,
같이 흔들리는 사람,
사람 같은 사다리,
눈 달린 끈,
하염없이 내려다보는
사람의 눈, 사람의 눈처럼
슬픈 흔들림,
사람 흉내를 내지 않는 사람 사이,
아이를 업은 아이를 닮은 아이들,
젖먹이처럼 웅크린 나무,
아무데도 가리키지 않는 가지,
막힌 사방으로 무턱대고 걸어가는
사람처럼 생긴
사람의 손톱만한 얼굴,
어디론가 끝없이 올라가는 줄사다리,
아무도 매달리지 않는 끈,
아름답고 고요한 흔들림, 아무도 쳐다보지 않는,
가장 낮은 곳으로 끝없이 올라가는 줄
사다리, 스스로의 가슴 깊이 사라지는
네발짐승

운 없는 날

언젠가는 당신도 만나게 된다
지하철에서
승강기에서
TV에서
화장실에서
당신이 좋아하는 바닷빛 넥타이
콧등에 주름을 잡은 구두
뻣뻣한 머리칼로 사람 눈을 찔러대며
출렁거리듯이 걷는 사람을

처음엔 놀라겠지
우물쭈물 악수를 하겠지
미소를 띤 채 명함을 교환하고
담배를 나눠 피울 수도, 아니 날씨 얘기가 먼저
한 군데도 다른 데가 없나
서로 염탐하다 지쳐버릴 상대와

운이 좋으면 쉽게 잊어버릴 수도 있다
당신보다 늙었고
당신보다 지쳤고
교활하고 가난하고
마누라에게 꼭 잡힌 것 같고
지독한 술꾼처럼 보이나
실은 당신과 똑같은 사람을

그늘에서 쉬다

처음 나는 아프리카에 있었다.
다음엔 아메리카에,
얼마 후 중국에 있었다.
티베트의 물을 마시고
사모아인의 말도 배웠다.
양을 지키며 담배를 피우기도 했다.
물속에서 숨쉬는 것, 물 밖에서 숨을 견디는 방법도 알게 됐다.

낙타를 끌고 사막을 넘었고
강도가 되기도 했다.
좀도둑질을 가르쳐주고
종교를 운반했다.
바퀴를 굴렸고
보물을 찾는 무리의 섬이 돼준 적도 있다.
모든 장소에 동시에 도달하고
모든 일을 한 번에 해치우기도 했다.

그늘아, 너는 사람의 말을 모르지.
누구도 네 말을 알아들을 수 없지.
나는 아홉 나라의 왕
저마다 아홉 나라를 거느린
아흔아홉 임금의 임금.
내 말은 하루 만에 내 나라를 돌아

다시 내 귀에 들렸다.
지금 세상 가장 얕은 그늘에서 쉬는
만족스러운 빈털터리더라도

그늘아, 너는 사람을 모르지.
내가 누구인지 알아볼 수 없지.

지금은 아홉 남매의 가난뱅이 아버지,
쉬, 발도 좀 덮어다오.

막내의 여섯 가지 심부름

비록 하느님이라 해도
잠들기 전 책 읽는 습관이 있다면
그 책을 비춰주는 전등은 꽤나 낡았을 것이다.
그 신비한 장치에서 작은 스프링 하나 달아나
고장난 채 여러 날이 지나면 명령하게 되겠지.
당장 드라이버를 가져와.
그럼 혀처럼 잘 움직이는 천사가 심부름을 하리라.
나도 그렇게 했으니,
얘, 드라이버를 가져와.

나는 나사를 풀고 갓을 벗기고 몸체를 헤쳐놓는다.
이 거대한 작업에 필요한 도구가 무엇인지 또 있어,
나는 다시 심부름을 하게 된다.
펜치를 가져왔다, 넌
날개 치는 소리도 없이.
그새 나는 두 번이나 손을 찔렀고
피 흘리며 네게 묻는다.
우리에게도 시몬 베유가 필요할까.

고장을 알고 나니
납땜이 필요해졌다.
전선을 붙들고 있는 게 네 세번째 심부름,
난 말했다.
야학을 계속해야 하니.

……난 베유가 아냐, 난 무슨 주의자가 아냐. 난 낭만적이지 않고 혁명을 생각하고 있지도 않아. 난 이해할 수 없어. 왜 사람들이 나보다 훨씬 많은 땀과 눈물을 흘리고도 내게서 더 배우려고 하는지. 난 그걸 알고 싶어……

난 좀더 꽉 쥐어달라고 부탁했다.
흔들리는 접합점을 쫓아가며 납땜하는 일은
하느님도 쉽지 않으리.

조립이 끝나고 불이 들어왔다.
잘못됐군, 전구가 너무 뜨거워
납땜이 녹아버릴 것 같았다.
나는 네게 좀 어두운 촉수의 전구를 사다 달라고 부탁했다.
넌 동전을 들고 춥고 어두운 거리로 가야 했다.

네가 접어놓은 얇은 선언문을 읽는 동안
넌 차갑고 작은 전구를 가져왔다.
난 여느 때처럼 책을 읽다 잠들 수 있게 되었다.
그만 자려무나,
난 책을 읽어야 하니까.

마지막으로 넌 물병을 들고 나타났다.

날개를 새로 단 어린 천사처럼.

중독

정치에
파업에
아황산에

점점 깊어가는 추억의 우물 속 유령처럼 어른거리는 여인들
삼십대에
세상 붉은 살 밀고 세워지는 젖니에

조금씩 아주 천천히
느낄 틈도 없이

닿지 않는
보이지 않는
거기
조그만 데서부터

행복하다

아버지와 아들

의사가 눈짓을 하고
가족들은 따라 나갔다.
가망 없는데요.
모두 말이 없었다.
고통을 더는 쪽으로 노력해보지요.
우는 사람은 없었다.

의자는 하나뿐,
동생은 늙은 형을 앉히려고 하고
형은 자신보다 더 늙어 보이는 동생을 앉혔다.
소라도 팔아야겠다고
동생이 말하고
안 되더라도 하는 데까지 해봐야지,
형은 대답했다.
아무도 먼저 병실에 들어가려고 하지 않았다.
누군가 쥔 꽃에서 물이 떨어졌다.
누군가 가위를 떨어뜨렸다.

천만 원만 있으면.
아들은 울었다.
형은 창을 닫고
동생은 아들을 노려보았다.
수술을 받게 해달라고 아들은 졸랐다.
천만 원이면.

아들은 헐떡거리고
형은 다시 창을 열고
동생은 아들을 힘껏 노려보았다.
누군가 소리 죽여 울었다.
꽃은 꽃병에 꽂혔다.

고통을 더는 수술이 있었고
누군가 소를 팔았다.
모두 집으로 갔다.
산 사람도 죽은 사람도 말이 없었다.
천만 원 때문에 죽는다고 아들은 생각했다.
고통을 줄이는 쪽으로 노력해보자고 의사는 말했다.
하는 데까지 해봐야지.
누군가 말했다.
누군가 소리 죽여 울었다.
누군가 창을 열고 닫았다.
누군가 꽃을 꽂았다.
누군가 죽었다.
누군가 살아야 했다.
아들을 묻기 위하여,
아들의 아들과
아들의 아내와
자신의 아내를 위하여,
천만 원이 못 되는 재산을 위하여.

수술실

문이 열리고
침대가 나오고
사람들은 뿌리에 딸린 감자처럼
우르르 따라가고
창밖에는
저녁의 자전거가
빈 상자를 덜컹대면서
내리막길을 굴러내려가고
나무는 노을에 몸을 씻고
잎은 서로 부딪치고
문이 열리고
침대가 들어가고
젖은 손을 놓고 돌아선
사람들은 눈을 하나씩 가진
씨감자처럼 기다리기
시작하고 기도하기
시작하고 돌아앉아
눈물을 씻고 노을은
바라볼수록 빨리 지고
잎은 서로를 흔들고
귀기울이고
귀기울이게 하고 드디어
나무는 소리를 낸다
기다리는 모두는 듣는다

나무도 종처럼 제 몸을 울린다
공기를 나누고
유리 같은 슬픔과
노을의 예감을 넘어
땅속 감자 어두운 귓바퀴를
건드리는 맑은 물처럼
소리가 닿을 때
문이 열리고
침대가 나오고
사람들은 덤벼들고
감자처럼 매달려
눈물의 잎을 불쑥 피워낸다
나무는 잎이 떨어지도록
소리를 낸다 어둠 속에서
무엇인가 실은 자전거가
바퀴를 헐떡거리며
오르막길을 올라설 때까지

죽어가는 사람

안개 위로 떠오른 다리,
다리 있던 자리에는
젖은 빵, 무엇엔가 물어뜯긴
소매가 놓인다.

쓰다 버린 짐승일까.

벌린 입으로 안개가 들어간다.
젖은 빵, 무엇엔가 물어뜯긴
소매 사이로 야윈 손을 내민 사람,
그가 안개를 힘겹게 뿌리치며
숨쉬는 것을 알기까지

다리 위에 머무는 사람은 없다.

무엇일까.
그의 소매를 습격한 작은 입,
잠든 자의 최후 양식을 남겨줄 줄 아는,
날카로운 이빨을 촘촘히 채운 귀여운 입들은.

무엇인가 그를 사납게 뒤척이게 하고
경련하게 하고
불현듯 미소 짓게 한다.

잠든 사람을 미소 짓게 하는,
그 속에 잠든, 오오, 무엇인가,
웃는 입매를 가진.
알아보기 힘든
꿈같은, 배고픔 같은,
희미하고 끈질긴 빛이
벌린 입에서 새어나온다.

햇빛이 좁은 곳에서 한꺼번에 터져나온다.
안개는 부드럽게 몸을 흔들어
다리를 가라앉히고 사라져간다.

가족 1

비루먹은 말처럼
헐떡거리며
재갈을 물고
일생의 낡은 고삐
털 빠진 귀
닳아빠진 껍데기
눈곱을 매달고
늙은 말처럼
생각하는 얼굴로
닳은 굽으로
터벅터벅
되게 한번 엎어터질 모양으로
지친 말처럼
자기에게도 아무에게도
쓸모가 없는
하염없이 길어진 얼굴로
아무에게나 들여다보이는 눈으로
비루먹어
늙고
지친 말처럼
어느 날 네발을 뻗어
온기가 채 마르지 않은
육신을 내려놓고
마지막 희미한 경련이

헐떡거리며
터벅터벅
아무렇게나 온몸을 밟고
지나가도록 버려둘
일생을 도둑맞은
늙은 도둑처럼
말없이 사라져가는
열쇠 없는
오오, 아우성치는 침묵의 창고지기
내 아버지

그곳엔 누가 사는지

골목 가장 깊은 곳
이따금 덩치 큰 승용차가 들어가고
사람은 보이지 않는다
그늘 넓은 나무가 서 있고
창은 늘 닫혀
개만 사납게 짖어댈 뿐
멈칫거리다 돌아나오는 사람들
아이들도 그곳으로는 공을 굴려보내지 않는다
다른 집의 지붕보다 높은 대문
새소리가 흘러나오는 정원
부드럽게 끌리는 슬리퍼 소리가 나는

그곳엔 누가 사는지

서쪽 가는 길

배는 비바람에 못 뜨고
기차는 밤에나 있을 것이라네
뜰 앞 나뭇잎 반 죽고 반 살아 한 바람에 흔들리네

파리는…… 찾아다닌다

창을 열자 파리 한 마리 날아든다
붕붕거리는 날갯소리가 입속에 가득찬다
이따금 죽은 자가 더 끔찍하다
그의 시가 생각난다
그에게 표절당한 문장들, 그에게서 빌린 제목이
파리는 들어온 곳을 찾지 못하고 끔찍한 비행을 계속 한다
그가 들어온 문은 미지의 공간으로 뛰어드는 큰 문이었으나
이제는 흔한 수수께끼에 지나지 않는다
지나지 않는다? 이젠 나도 말투를 바꾸어야지
우리가 공유하던 낱말들 중 절반은 땅에 묻혔으니
우리의 말투는 지나치게 문장을 지향한다
어색하지, 파리는 미친듯이 날뛴다
우리에게 죽음은 가장 흔한 정거장이었다
그는 그중 하나를 찾아갔을 뿐이다
그가 놀던 방, 담배, 그의 냄새가 싫어 이사를 했다
새로 도배를 하고 배부르게 가구를 들여놓았다
아침마다 새로 건 거울을 본다, 없던 습관
나는 두 배로 빨리 늙어가는지도 모른다
거울은 죽은 자의 버릇을 생각하게 한다
거울 앞에서 머리칼을 추스르면서 농담하기를 좋아했지
파리는 마침내 내 얼굴을 들이받고,

하긴 농담이 무슨 의미가 있나
가령 편지를 써도 시적으로, 우리가 쓰면 무엇이든 시거나
잘 계산된 위대한 장난으로 알았다
서로 얼마나 성공적으로 인내했던가
지금 내가 쓰는 흥분된 지우개는, 저놈의 파리,
망친다, 파리 때문에, 지난번에도 한 마리가
맞아 죽었다 휴지에 싸여 창밖으로 내던져졌다
파리들은 어디에서 이 창을 찾아오나
문을 열 때마다 한 마리씩

어두운 길

이 길은 근처에 있는 건 무엇이든 빨아들인다
바람은 선선하고 안쪽에는 비가 내리는지
길에서 빠져나온 사람들은 한결같이 머리가 젖어 있다
낡은 모자를 쓰고 안경을 낀 노인이 핫도그를 팔며
이따금 내 쪽을 건너다본다
신기할지도 모르지
몇 시간째 길을 향해 앉아 있으니
그러나 나는 길에만 흥미가 있다
불이 켜지고 아이들이 그 길로 돌아가기 시작한다
문득 오토바이를 탄 청년이 튀어나온다
길 앞에 서 있던 사람들이 놀라 비켜서고
낮은 욕설 속에 청년은 사라진다
저 보이지 않는 어두운 길은 끝에서 무엇을 만들까
저 길을 통과하면 내 인생이 바뀔지도 모른다
길 안쪽은 근처 사람들에게 두통거리다
소문, 이를테면 누군가 목이 반쯤 잘려 쓰러져 있다든지
아이들이 이상한 노래를 부르며 몰려다니고 지나가는 사람의 뺨을 친다든지
길 안쪽의 사람들은 가난과 함께 근처의 모든 죄악을 책임진다
입구에는 무엇이 쓰여 있었는지 모를 팻말이 누워 있다
노인은 식은 핫도그를 물어뜯다 내게 눈길을 돌린다
그 눈길은 가래처럼 끈끈하고 불쾌하다
그 겨냥은 누구도 모면할 수 없다

이제 길은 어둡고 고요하다
저 길은 무엇이나 빨아들인다
아이들은 자라서 큰길로 나오고 어디론가 사라지지만
길은 여전히 있다
변하지 않는 것은 저 길뿐이다
이 근처에서는 이 길만이 진실이다

추억의 교육

복도엔 파초가 하나 있었네
우리는 늘 물 주고 잎을 씻어주었네
파초는 자라서 통통히 살이 올라
화분이 작은 장화처럼 보였네
한 아이가 그 잎에 칼질을 했네
작고 희미한 칼자국은 아무에게도 띄지 않고
선생님에게만 보였네
그날 종례는 길고 길었네
누가 그랬는지 말하면 보내주겠다
눈을 감아라 나오너라 말해라
우리는 우울했네
너희는 잔인하고 욕구불만에 가득차 있고
자연의 은혜를 모르는 놈들
이기적이고 자존심도 없는 놈들이야
우리는 말없이 앉아 있을 수밖에 없었네
주머니칼로 책상 안쪽을 후벼파면서 끝나기만 기다렸네
누가 그랬는지 모르네
칼은 누구나 가지고 있으니까
복도는 누구나 지나가니까
선생님은 끝내주지 않았네
우리는 결심했네
이 시간이 지나가면 화분을 박살내버리겠다고
너희는 구제불능이라고 선생님은 선언했네
며칠 후 화분이 사라졌네

아무도 몰랐네
선생님도 몰랐네
물어보지도 않았네
그에겐 화분이 중요한 것이 아니었네
그건 우리도 마찬가지였네
그에겐 칼질이 중요했고
우리에겐 칼질조차 중요하지 않았네
몇 달 후 나는 화분을 보았네
하얗게 뼈만 남아 학교 뒷담 구석에서 쉬고 있는 파초를
누가 그랬는지 지금도 말할 수 없네

꽃피는 시절

한때 그에게도 좋은 날이 있어
별 밝고 따뜻한 방에서
아내가 목욕하는 소리를 들은 적이 있었다
그의 아이들, 유리창을 깨고
한낮 가벼운 잠을 훔쳐가는 데는 선수였다
때로 그가 짐짓 사납게
가엾은 월부 장수를 쫓은 적도 있었으리
눈만 감으면 누구에게나 좋은 날이 있듯이
세상 모두 내 숨결에 흔들린다 생각하던 날들
그때에도 그는 살았고
지금도 저처럼 교외로 떠나는 시외버스 정류장 긴 벤치 위
태엽 풀린 장난감처럼 한쪽이 기울어 살아 있다
그의 눈곱은 누구보다도 풍족한 꿈을 누리고 있음을 말해주고
긴 손톱은 시간의 때로 반들거린다
그를 몰락하게 한 원인은 이유는 증거는 어디에도 없고
새로 생겨난 것도 아니며 더구나
그의 입에서 흘러나오는 법도 없다
어쩌면 내가 알고 있는 것은 엉터리인지도 모른다
내가 말해줄 수 있다면
저렇게 바보처럼 빗방울에도 벌벌 떠는 자에게
진실을 진실을 말한다면 뭐라 할 것인가
죽음을 향해 고요히 입김을 불어내고 다시 드러눕는 그,

그에게도 꽃피는 시절이 있었으리

저녁은 모든 곳에

불을 켜면서 나는
상상한다 작은 불꽃 속에 작은 나라가 있고
그 안에 사는 이들이 불을 켤 때
또 하나의 상상이 시작되며
그 불꽃 속에 다시 작은 나라가 있어

그들 또한 다른 나라를 상상하리라
저녁마다 불을 지피며
튀어오르는 불꽃 틈틈이 아이 울음을 들으며

아무도 어둠을 막지 않고
아무도 어둠을 먹지 못한다
우리가 우리의 세계를 먹지 않듯이
그러므로 저녁은 언제나 제때에 다다르니

작은 불꽃 나라에도 화형이 있고
이처럼 작은 불꽃 앞에서
고장이 나는 인간도 있으리
모든 저녁은 동시에 도달하고 동시에 물러난다

그리고 나는 불을 끈다

다시 꽃피는 시절

여보게, 세상이 늘 이리 따뜻하란 법은 없네
기차가 늘 저리 지나가지도 않네
나야 쓰레기통을 뒤지면 하루 살고
취객의 주머니에서 간식거리를 집어내기도 하네
여보게 어떤 녀석은 오래오래 잘살다가
제 후손들에게 밟혀 죽었다고도 하네
또 안개가 몰려오네
과연 자네는 행복했을까
나처럼 살고 싶지는 않았을까
마누라에게 아이에게 쥐털만한 유산에
직업에 칭칭 감겨 산다고 즐겁게 불평하더니
망할 놈의 안개, 비 들어오네
여보게, 자네 말 듣는 사람 세상에 없네
나는 그 길로 가지 않았네
혼자 웃고 투정하네
꽃피는 마을에서 살고 싶었네
꽃피는 마을에서 울고 싶네

초승달

초승달은 숲가에 걸려 있다
날카로운 한쪽 끝을 치켜들고, 나는 문상 간다
문득 초생달이라고 발음한다 초승달이
걸려 있다 단단히 한쪽 갈고리를 박고
어두워지며 큰키나무 숲가에 다시 떨어지는 초승달
오늘, 그는 죽었다 문상길은 안개 낀 들판으로
뻗어간다 그는 이 길을 얼마나 오갔을까
길은 무엇을 알고 있을까
차가 튀어오른다 초생달이라고 두번째 발음한다
입속의 공기가 따라 흔들린다
그의 집은 오랜만에 불이 환하리라
그의 집안은 그를 빼고는 노인들뿐이었다
고물을 배차했다고 운전하는 사람은 투덜거린다
초승달은 끝을 서로 맞닿으려는 듯이 힘껏 허리를 휘고 있다
초생달, 나는 정신없이 한숨을 쉰다
한숨은 좋지 않은 습관이라고 그는 말했다
우리가 죽기 전까지는 세상이 그런대로 성할 것이라고도
초승달이 주르르 미끄러진다
초생달, 죽음으로 사람을 잃는 것은 내 책임이다
그와 함께 내 일부가 죽는 것이니
얼마나 살아 더 죽여야 할 것인가
초생달, 늦은 저녁 땅과 하늘 맞닿게 하려는 듯이

바람 아득히 분다
먼 데 취한 눈처럼 불빛 빛난다

밝은 지하에서 기다림

지키지 않아도 좋을 약속이다
그는 오지 않을 것이다
이 사납고 밝은 빛은 뭔가
내던져진 나는 무엇인가
소화기 앞에서 책을 들고 혼자 중얼거리는 꼴이라니
책을 보는 것도 사람을 추억하는 것도 아니며
시간의 볼모로 우두커니 잡혀 있다
밖엔 비가 내리는지
우산을 거꾸로 들고 오는 사람이 많아진다
저마다 춤추듯이 물방울을 흩뜨리며

지하도 지상도 아닌 나라
지하철은 언제나 엉뚱한 문에 나를 세워놓는다
차츰 나와 비슷한 몰골의 사내들이 늘어간다
우리 중의 하나는 몹시 살이 쪘다
또하나는 끊임없이 노래를 중얼거린다
그의 귀에서 문득 버섯이 피어난다

한 떼의 사람이 지하에서 솟아오른다
몇몇은 모자를 썼고 나머지는 쓰지 않았다
기계에 일렬로 찍혀 나와 내 앞을 차례로 지나친다
알고 보면 나도 그 같은 운명에서 잠시 벗어나 있을 뿐
우리 모두가 기다리는 그는 생사불명이다
다시 비,

우산,

춤추는 물방울,

모자……

노을 가는 길

아이들에겐 저들만의 길이 있다
찻길을 가로질러 숲으로 가는
노인들, 노을에도 길은 있다
이 저녁의 느린 산책길에서 수만 가닥의 다른 길이 생겨난다
이제 나도 어느 쪽인가를 선택해야 한다
아이들은 길 아닌 곳으로 함부로 뛰어들고
노인들은 약한 나무가 부러진다고 잔소리를 퍼붓는다
아이가 다가와 어리광을 부리는 척 노인을 찬다
아이의 부모는 모른 체하고 노인은 말수가 줄어든다

노을이 비치고 넓은 이 길은 노인들에게 알맞다
다만 너무 많은 노인이 갇혀 있다
아이들이 다니는 길은 눈에 쉽게 띄지 않는다
어떤 아이들은 그 길로 사라져 아직 돌아오지 않고 있다 한다

이 저녁엔 나도 선택해야 한다
가야 한다 또
머물러야 한다

쓰레기를 태우면서

쓰레기를 태우면서 지난 사랑을 생각한다
긴 여름 오후, 끝도 처음도 알기 힘든
비닐 타는 냄새처럼 독하고 녹처럼 몸에서 쉬 떨어지지 않는
쓰레기를 태우다보면 가벼이 승천할 것들, 연기로 냄새로 먼저 날아가고
거기서도 버림받은 새로운 쓰레기가 탄생하니
아직 푸른 시간의 잎 깡통 가축의 뼈 동전까지
한군데 모여 활활 매운 먼지 피워올리며
불타 더이상 순환의 고리에 얽매이지 않을 견고한 화학식 되어

지난 사랑과 다가올 길이 여기서 만나느니
이 하잘것없는 깨달음을 위하여
공연히 머리 그을리며 연기의 번제 올린다

벌레들

늘 자정 넘어 전화는 걸려온다
그는 피곤하다고 나른히 말하고
그동안 안녕했는지, 나는 여행중이라고 속삭인다
아니 여행을 떠날 것이라고, 지금이라도 역으로 나오라고 유혹한다
내가 무슨 상관인가
그는 화를 내고 자신의 복잡하고 어리석고 오래 꿈꾸어온
세 가지 꿈 중 하나를 이룰 기회라고 노래한다
일, 깊은 산에 들어가 고사리를 뜯는다
일, 마피아의 일원이 되어 두목의 차를 운전하다 총에 맞는다
일, 감옥에서 여윈 몸으로 새날의 광장에 휠체어를 타고 나타난다
내게 무슨 상관인가
나는 전화를 끊는다
다시 울린 전화에서 그는 호되게 얻어맞은 종처럼 울며
제발 끊지만 말아달라고
혼자 취해가고 있다고
직장에서 높은 놈과 다투고 나오는 길이라고
지겨운 출근은 이제 없을 것이라고
의기양양하게 말한다
그 꿈 많던 친구의 죽음을 나는 깨닫는다

맑은 아침
성에 낀 창가
날개 달린 벌레들 떨어져 있다

비엔나 숲의 이야기

인간처럼 소도 대개는 음악을 좋아한다. 사분의삼 박자 춤곡을 애호하고 음악을 들을 때는 인간처럼 마음과 살집이 부드러워진다.

어느 날, 소는 낮이나 밤이나 음악이 흐르는 곳으로부터 초대를 받는다. 소는 기꺼이 응한다. 응하지 않는다면 코를 꿰고 추태를 보이며 끌려갈 수도 있다. 어떤 모양으로 가건 소의 자유이다.

소는 이제까지 자신이 살아온 우리에 비하면 궁전과도 같은, 기둥 많고 천장 높은 집에 들어선다. 그곳에는 이미 많은 소가 느긋하게 안식을 취하고 있다. 드넓은 잠자리와 진수성찬이 주어진다. 아무도 간섭을 하지 않는다. 일을 하라거나 젖을 내밀라고 호통을 치는 사람도 없다. 음악이 흐르고 있다. 소들은 고개를 끄덕이며 졸며 식사를 하며 음악을 감상한다. 비엔나 숲의 이야기. 사분의삼 박자.

푹신한 잠자리, 귀부인처럼 우아한 암소들 틈에서 소는 온몸이 노글노글해지도록 음악을 듣는다. 꿈에서도 음악을 듣고 그 집과 똑같은 장소에서 사는 꿈을 쉬지 않고 꾼다.

다음날 아침, 소는 좀더 넓은 광장으로 모셔진다. 음악은 계속 흐른다. 갑자기 무도한 일꾼들이 나타나 소를 기둥에 결박한다. 소는 어리둥절 분개한다. 일꾼 중의 하나가 뾰족한 망치로 소의 정수리를 내려치기도 한다. 소는 분노와 충격으로 기절한다. 이때 주인이 나타나 소의 목을 따고 피를 받는다. 음악으로 부드러워진 살은 칼이 잘 먹고 피가 적다. 소의 심장은 음악에 맞춰 뛰며 피를 몸 밖으로 밀어낸다. 소는 기절에서 깨어나자마자 음악부터 듣는다. 일어나려고 해본다. 그러나 무릎이 없다. 고개를 들어본다. 목이 없다.

음악은 계속 흐른다. 비엔나 숲의 이야기. 사분의삼 박자.

닭

사방에서 실려온다. 철망 사이로 고개를 내밀고 앞날을 염탐하며. 대부분은 늙고 체념한 암탉들이다. 팔팔하고 불운한 수탉도 있다. 푸득대고 똥을 싸며 가는 곳마다 진창을 만든다.

셀 수 없이 모여든다. 검고 차가운 흙바닥 위에 철망이 터져나갈 듯이. 문이 열리고 한 마리씩 끌려나간다. 무슨 일일까. 닭들의 눈은 불안으로 노래진다.

닭의 부리 위엔 작은 숨구멍이, 그 이웃에는 숨골이 산다. 닭들은 차례로 숨골을 얻어맞고 기절한다. 곧바로 죽은 닭은 고기가 질기다. 이 시장에 가장 흔한 건 주머니칼로 남의 숨골을 치며 아이를 길러온 여인들이다.

기절한 닭은 기계에 걸린다. 기계는 순서대로 털을 뽑고 목을 치고 발목을 자르고 내장을 꺼낸다. 영리한 기계는 사람 열 몫을 한다. 닭은 순식간에 알몸이 되고 몸뚱이는 머리와 쓸개와 헤어진다. 구워지기도, 튀겨지기도 한다.

중간에 정신이 든다 해도 털이 없어져 놀라는 동안 목이 잘리고 몸뚱이를 찾는 동안 숨이 없어진다. 대부분은 그날로 팔려나간다.

이따금 털이 반쯤 뽑힌 닭이, 목이 반만 잘린 닭이 기계에서 빠져나오기도 한다. 놀란 닭은 정처 없이 달아난다.

사람들은 소리치며 쫓고 시장은 아수라장이 된다. 닭은 털도 없는 조그만 날개를 휘두르며 아무데나 뛰어든다.

잠시 기계가 멈춘다. 주인이 나와 호통을 친다. 기계도 늙으면 이빨이 허술해진다. 때에 맞춰 갈아주어야 한다.

닭은 있는 힘을 다해 종종걸음을 친다. 잡아도 아차 미끄러져 빠져나간다. 이대로 달아나기만 해야 할까. 이 낯선 길에서 벗어날 수는 없을까.

썩은 널빤지

언제부터인지 그는 그곳에 놓여 있다
미지근한 물, 노란 기름이 뜨고
부드럽고 속 깊은 흙이 끝없이 뻗어가는
세상이, 그의 생각엔, 그것이 전부였으니
물은 그의 세포 하나하나를 부풀려
터질 것처럼 가렵게 한다
그는 모든 사물의 싹을 틔우는 물의 미덕에
몸을 내맡기고 거꾸로 처박혀 썩어가고 있다
그곳의 지리에 서투른 짐승이 때로 지나가며 이상하다는 듯이
한참씩 그를 노려보곤 했지만
그의 관심은 자신에 대한 증오였다
물은 그를 썩히고
그는 독기를 뿜어 물에 사는 것들을 썩혔다
둘은 서로 화해한 지 오래

한 알의 밀알이 아니면서 썩어가는 널빤지를 상상한다
세상 아름다움과 싸우기 지칠 때마다

다리네 마을 소

다리네 마을의 소는 모두 송아지 때 지게에 얹혀 온다. 사십 리 산길, 여우고개 넘어 아찔한 벼랑 외길을 지나. 여기서는 어느 송아지나 외마디 비명을 지른다. 방금 어미와 이별한 슬픔 때문인가, 외길에서 아스라이 내려보이는 벼랑이 두려워서인가.

그러나 마을에 들어서면 송아지의 팔자는 확 달라지는 것이다. 젖이 모자라면 아이들의 젖조차 나눠준다 했다. 소는 쑥쑥 자라 코뚜레를 꿰고 멍에를 메고 훤칠한 수소가 된다.

다리네 마을 소처럼 내키는 대로 일하는 소는 또 처음 보았다. 사람이 쉬면 저도 쉬고 남이 일해도 저 싫으면 쉰다. 막걸리 한 사발이라도 얻어먹어야 몇 고랑 되지도 않는 밭을 갈아엎는 시늉 한다. 아무 곡식이나 뜯어 먹기 일쑤이고 심술이 나면 짐짓 아이들 뒤를 쫓아내려 도망치던 팔다리가 부러지는 일도 없지 않았다. 누군가 참다 못해 팔 걷어붙이고 길들인다고 덤벼들었다 씩씩한 뿔에 받혀 한 달은 앓았다.

그러나 사람이여, 다리네 마을 소는 모두 죽을 때까지 이 마을을 떠날 수 없는 것이다. 마을 밖으로 가는 길은 벼랑길뿐이어서 사람 하나도 겨우 건넌다.

다리네 마을의 소는 모두 송아지 때 지게에 얹혀 마을로 오고 잔뼈가 굵으면 고기와 내장, 뼈로 나누어져서야 마을 밖으로 나갈 수 있는 것이다. 어쩌면 다시 한 마리의 송아지가 지게에 얹혀 오는 그날.

뱀

두 겹의 철망을 친다. 안쪽 철망에는 강아지를 넣고 작은 구멍을 뚫는다. 자유의 냄새를 맡으라는 것이 아니다. 강아지는 이미 선택되었다. 두번째 철망에는 뱀을 집어넣는다. 맨 바깥의 철망에 구멍이 없는지 확인하자. 준비가 끝나면 구경꾼들에게 지나친 비평을 삼가도록 주의를 준다.

뱀의 콧등에는 열 감지 기관이 있다. 온혈동물의 체온은 쉽게 감지된다. 영문도 모르고 며칠 동안 파리 하나 구경 못한 뱀은 그 정체불명의 동물을 먹어치우기로 작정한다. 뱀은 강아지가 들어 있는 철망으로 접근한다. 강아지는 뱀을 발견하고 공포에 질린다. 그리고 구멍을 발견하고는 비탄에 빠진다. 뱀은 가볍게 철망 안으로 기어든다. 강아지는 다리를 벌벌 떨며 뒤로 물러선다. 어떤 강아지는 뱀을 먹기도 한다. 이번에는 뱀을 먹지 못하는 강아지가 선택되었다. 비명을 지르도록 선택되었다.

뱀은 진실을 알고 있다. 그래서 강아지의 뒷다리를 물고 노련한 의사처럼 독을 주입한다. 강아지는 동글동글한 똥을 싸며 주저앉는다. 작은 이빨을 내보이며 마지막 저항을 한다.

뱀은 천천히 강아지를 삼키기 시작한다. 제 몸보다 다섯 배는 굵은 따뜻한 먹이를 피 하나 흘리지 않고 완벽하게 해치운다. 그의 식사가 끝나면 당신이 나설 차례가 된다. 바깥 구멍은 열어도 전혀 위험하지 않다. 배가 부른 뱀은 들어갔던 구멍으로는 당분간 나올 수 없다. 철망 속에 애초에 두 마리의 짐승이 있었음을 상기하라. 당신은 잘 움직이지 못하는 가엾은 뱀을 정의의 지팡이로 때려 죽일 수도 있다. 더 가엾은 강아지를 위하여.

그러나 강아지를 한입에 삼킬 수 있는 뱀을 구하기는 어렵다.

노래와 숨

인간보다 훨씬 더 오래전에 나타난 족속이 있다. 수억 년 동안 단 한 번의 가뭄에도 수만의 종족이 전멸하고 비가 내릴 때마다 새로운 족속이 생겨났다.

그러나 내가 말하는 이 족속은 비 올 때는 유유히 잡아먹히고 가뭄에는 진흙탕에 머리를 처박고 아가미 대신 허파로 호흡을 하면서 살아남았다. 지금처럼 물이 풍요한 시대에는 입이 크거나 작거나 그런대로 살 수 있고 아무에게나 잡아먹힐 수도 있지만, 생각해보라. 거대한 바다조차 한낱 늪지로 전락시키는 엄청난 가뭄에 누가 살아남아 새로운 시대를 위한 씨앗을 갈무리하겠는가를.

몇억 세대가 지나가고 인간이 나타났다. 인간이 가뭄과 홍수에 시달리며 아우성과 비명으로 역사를 기록해나갈 때에도 이 족속은 유유자적 살아가고 있었다. 이따금 찾아드는 자그마한 가뭄을 즐기며 아가미는 쉬게 하고 허파로 호흡하며. 가물거나 말거나 한결같이 땅 위에서 살면 되지 않느냐고? 그렇게 생각하고 아가미를 버린 많은 족속이 홍수가 닥치면 물에 빠져 죽었다.

오늘에서야 많은 이가 아가미와 허파를 함께 쓰는 이 물고기를 박물관에 모시고 이야기로 남긴다. 그의 이름은 폐어(肺魚)이다.

이처럼 두 가지 방법으로 숨쉬는 족속이 어찌 이 하나뿐이랴.

노래를 위해 쉬는 숨이여.

숨쉬기 위하여 노래하는 시인이여!

농부의 꿈

어진 농부는 소를 팔아야 한다. 소값이 폭포처럼 떨어지고 있기 때문에, 분노하여, 눈물에 겨워, 자식과 같은 소를 팔려고 한다. 농부는 아침부터 소에게 물을 준다. 소는 마시지 않는다. 전날부터 계속 마셔왔기 때문에, 소는 나무나 물고기가 아니기 때문에, 물은 쳐다보기도 싫기 때문에, 먼산을 보며 조용히 똥을 싼다. 농부는 소에게 다가가 이마를 한번 긁어주고 한숨을 쉰다. 그리고 순식간에 코뚜레를 잡고 아가리를 벌리고 바가지에 가득 든 왕소금을 뿌린다. 소는 머리를 휘두르며 거품을 흘린다. 농부는 괴롭다. 소는 울고 싶다. 농부는 아내에게 물을 더 떠오라고 재촉한다. 소는 눈이 돌아갈 정도로 물을 마신다. 그들은 재빨리 소를 끌고 시장으로 간다. 줄 선 사람들을 헤치고 소를 계량대 위에 놓는다. 삼백, 사백, 오백, 소의 무게가 매겨지고 농부의 입은 오랜만에 벌어진다. 그 순간 소는 꼬리를 힘차게 쳐들고 오줌을 누기 시작한다. 농부는 울상이 되어 소의 꼬리를 잡는다. 1, 2, 3, 소의 무게는 떨어지고 농부는 소의 꼬리를 끌어내리려고 필사적이다. 마지막으로 소는 물똥을 폭포처럼 내갈긴다. 어진 농부의 이마 위에.

오징어

내 친구는 이 나라 어디든 안 가본 곳이 없다는 게 자랑인데 그 친구 말에 의하면 오징어잡이 배에서는 오징어를 이렇게도 먹는다. 밤새 불을 밝히고 오징어를 낚아 올린 어부들은 아침 짬에 출출한 배를 소주와 오징어로 채운다. 먼저 펄펄 뛰는 오징어를 굴뚝을 겨냥해 집어던진다. 굴뚝은 며칠 동안의 과로로 벌겋게 달아 있다. 열을 받은 오징어는 굴뚝에 닿자마자 발을 뻗어 상대를 포획하고 숨이 끊어져라 하고 몸통을 죈다. 그러고는 순간적으로 바짝 마르고 굽혀 돌돌 말린 그대로 굴뚝에서 떨어진다. 그때 그 오징어를 주워먹으면 되는데 열 사람이 열 마리도 먹고 백 마리도 먹는다.

누가 알랴, 후회할 틈도 없이 숨이 끊어지는 오징어의 마음을. 그러나 그 맛을 아는 사람이 있어 요즘 더러 불오징어구이를 한다고 내 친구는 말하는 것이었다.

철판 위의 오리

오리를 둥근 철판 위에 올려놓고 새장을 덮어 가둔다. 철판 밑에서 오리 몰래 불을 붙인다. 오리는 따뜻한 바닥을 즐기며 천천히 걷기 시작한다. 철판은 차츰 뜨거워진다. 오리는 토닥토닥 뛰게 된다. 철판이 달아오른다. 오리는 팔짝팔짝 뛰며 정신없이 작은 날개를 휘두른다. 철판은 벌겋게 달아올라 마침내 오리의 얇은 발바닥에서 익는 냄새가 나기 시작한다. 이때 실신한 오리를 끄집어내 발을 잘라 먹는다. 발바닥은 오리의 정화요, 남은 고기는 질길 따름이니.

모든 수소가 아비 되지 않는다

모든 수소가 아비가 되는 것은 아니다. 모든 소는 송아지 시절부터 몸에 딱 맞춘 우리 안에서 먹고 마시고 되새김질하고 먹은 건 틀림없이 살로 보내지만, 그리고 그날은 느닷없이 오고 말지만.

모든 소가 귀여운 송아지의 아비가 되지는 못한다. 아름답고 풍만하고 새끼 잘 낳는 암소의 신랑이 되지는 못한다. 저 우아한 구애를 보라. 나지막하게 노래하며 천천히 우리 밖을 배회하는 저 걸음걸이를, 한 바퀴, 다시 한 바퀴.

모든 수소는 벌떡 일어나 콧김을 뿜어댄다. 뿔로 벽을 들이받고 자빠지며 열광한다. 어깨를 올리고 엉덩이를 흔들고 꼬리는 꼿꼿이 일어서.

소의 주인은 고개를 흔든다. 수소들의 눈에는 핏발이 서고 입가에 거품이 흘러내리고, 주인은 한 마리 한 마리 지나치며 고개를 흔든다. 수소들 눈에 눈물이, 마침내 주인은 끄덕인다. 한 소가 소리 높여 환호한다. 꼬리를 힘차게 휘두르며 달려나간다.

다른 소들은 돌아앉는다. 천천히 되새김질을 한다. 한 눈으로는 서툰 신랑과 노련한 신부를 보고 있다. 주인은 신랑의 코를 움켜쥐고 일을 성사시킨다. 신부는 가볍게 떠나간다.

모든 소는 소리 높여 운다. 신랑은 몸무게가 약간 줄어 제 우리로 돌아온다. 그는 다른 수소의 아비가 될 수 있다. 다른 건 모두 같다.

이슬로 사라진

그는 시장에 다녀오던 주부와 딸을 찔러 중태에 빠뜨리고 현장에서 붙잡혔다. 그의 아버지는 늙었고 어머니는 기자들의 말을 이해하지 못했다. 우리 아이가 죽어요? 기자들은 그 말을 받아썼다. 왜 그랬을까. 아버지는 힘없이 중얼거렸다. 기자들은 그 말도 받아썼다. 아침 잘 먹고 일자리 알아보러 나갔다고 누이는 말했다. 기자들은 그 말도 놓치지 않았다. 다음날, 백주에 모녀를 살해한 흉악범의 기사가 커다랗게 실렸다. 사람들은 입을 벌렸다. 어느 재빠른 기자가 도둑질한 앨범에 의해 그의 일생은 한낱 쓰레기로 밝혀졌다. 광범위한 토론이 벌어졌다. 그건 기성세대의 책임이라고, 책임질 수 있는 것이 아니라고도 했다. 그의 식구들은 바깥출입을 삼갔다. 그의 동생은 학교에 갔지만 친구들을 피했다. 아버지의 천식은 약간 심해졌고 어머니는 쉬지 않고 울어댔다. 기자들은 또 몰려왔다. 식구들은 문을 잠갔다. 기자들은 담을 뛰어넘었다. 식구들은 똘똘 뭉쳐서 아무 말도 하지 않았다. 기자들은 식구들이 범인 대신 참회하느라 침식을 잊었다고 썼다. 경찰이 발표한 전모는 신문 기사 그대로였다. 사회에 대한 불만이 착란상태에서 빚어낸 비극이라고 했다.

그는 하루종일 말없이 갇혀 있었다. 식욕이 없어 하루 세끼를 채우기 힘들었다. 추위 때문에 잠을 설쳤다. 사람들을 찔렀던 이유를 말하지 않았다. 그는 어느 날 이슬이 되어 이 땅에서 사라져갔다.

장화

구호물자를 실어왔다는 프랑스 신부의 커다란 차가 성당 안마당으로 들어오면 우리는 눈싸움을 그쳤다. 형들은 성탄목을 하러 산에 간다 했다. 데려다달라고 졸라도 너는 누이들과 금종이, 색종이나 오리라며 자기들끼리 가버렸다. 문틈으로 언니들 풍금 소리, 노랫소리 들려왔다. 자치기하는 아이들에게도 끼지 못하고 나는 문에 귀를 대고 가슴을 두근거렸다.

십이월은 내내 성탄 준비로 보냈다. 제대 둘레 소나무에 눈은 쌓이고 구슬보다 더 큰 별이 반짝였다. 그중 제일 큰 별은 전기 안 들어오는 우리집까지 따라왔다. 언젠가 살구나무 꽃피듯이 온 세상이 환하겠지.

그날이 오면, 신부가 열 명 열두 명의 아이들을 데리고 나와 숨막히는 유향 피워올리고, 은사슬 잘랑, 미친듯이 깜박이는 지상의 별떼. 회색 별 뜬 하늘 아래 눈길 시오리 걸어 모인 아이들은 찬 마룻바닥에 꿇어앉았다. 그날이 오면, 글로오오리 합창하는 언니들 눈에 눈물 반짝이고, 우리는 빵을 씹으며 놀았다. 막 가슴이 부푼 여자아이들과 여간 않던 장난도 치고.

새벽에 길 나서려 하면 새 신발이 헌 신발로 바뀌어 있었다. 그걸 신고 새벽 눈길을 걷다보면 발이 금방 얼었다. 그래도 내일이면 서양에서 온 구호물자 나눠주리라. 그 안이라면 잠들어도 좋을 거인의 장화를 생각하며 난 길에서도 잠이 들곤 했다.

살아 있음이 악인 존재의 가벼움

크나큰 새 붕(鵬)은 본디 물에 사는 것이다. 알에서 나서 물에서 깨며, 본디 나비가 그러하듯 유년기에는 깃털이라곤 찾아볼 수도 없이 온몸이 굵고 미끈하다. 아가미가 있어 물밑에서 살 수도 있고 물개처럼 물 밖에 살 수도 있다. 어릴 때는 겁이 많으며 식탐이 강하여 좀처럼 태어난 곳을 떠나지 않는데도 근처에 남아나는 생명이 없다. 모름지기 일만 년에 한 번 번데기가 되고 일만 년에 한 번 날개가 돋고 일만 년에 한 번 날 수가 있게 된다. 그 성격이 포악하고 음흉한 것은 북극의 차가운 물에서 온 것이다.

다 자란 붕이 날개를 펼치면 한 번에 팔만 리를 날고 한쪽 하늘을 가릴 만하다. 붕의 입에는 먹이집이 달려 있는데 그 안에는 북극의 얼음 속에 냉동되어 있던 코끼리나 호랑이, 향유고래, 상어 알 등등 횟감과 몸에 좋다는 지초에 솜씨 좋은 숙수까지 들어 있다. 붕이 한 번 식사를 하면 일백만 새가 굶고 붕이 한 번 굶으면 일억 생령이 천수를 다한다. 그 뱃속은 거대한 굴처럼 생겼는데 아직 들어가서 나온 사람이 없는 걸 보면 일생을 다하여 걸어도 끝이 없거나 두발짐승쯤은 뼈조차 녹여버리는 소화 시스템을 갖춘 듯하다.

붕이 날개를 떨칠 때마다 주변의 자그마한 섬이나 숲은 천 리 밖으로 날아가버린다. 아이들이 가끔 날아가는 섬을 본다고 하는데 그것이 실은 이 붕의 장난인 것이다. 그 냄새나는 입으로 한소리 크게 부르짖으면 수미산, 안

데스의 뿌리까지 흔들린다. 언론에 보도되지 않는 작은 지진이나 산악의 몸부림은 이 때문이다.

메추라기나 참새들이 자식 낳고 기르고 떠나보내다 홀연 늙어가며 하늘을 어둡게 하는 그 크나큰 새의 날개를 향해 저 대붕이여 신령이시여 아우성칠 때 코끼리든 낙타든 고래든 꼬리를 집어넣고 벌벌 떨며 감히 그 사는 곳조차 바라보지 못한다.

하여 메뚜기, 사슴, 노루, 범, 오징어, 돼지, 닭, 오리, 칠면조, 거위가 부러워하나 엄청난 구잇거리 남기고 그도 죽는다. 그러곤 다시 살아나 남을 웃게 하지 못한다. 그러나 살아 있음 자체가 악인 존재는 흔치 않으니.

겨울 달

우린 말없이 마셨다
칸막이 너머 빨간 전구 하나 빛나고
창에 이마를 받는 바람
이젠 끝내야겠어요, 여자는 계산을 원했다
그때 이웃에선 무엇인가 뒹굴고 깨어지고 금이 가고
비명, 왜 뒤집는 거야
애원, 돈이 없다고
휴가중이라고 마지막 밤이라고 집은 남쪽이고
내일은 북쪽으로 가야 한다고
우린 취하여 말수가 줄었다

멱살 잡힌 누군가 끌려나왔다
풀린 단추 사이 인식표가 잘랑거리고
때리지는 마, 버릇만 가르쳐, 여자는 말했다
우리는 다시 마셨다
철조망, 밤열차, 얼얼한 뺨을 한없이 비비며
고향과 술집, 애인을 그리던 때
우리도 한때는 군인이었거나 군인의 친구였다
문을 나설 때 희미한 별 반짝이고
달은 온몸을 동그랗게 오므렸다
차 끊어지고 바닥에 구르는 것들이 울었다
그는 잠들어 있었다
전봇대를 굴뚝처럼 껴안고
툭 차며 지나가도 깨지 않았다

뺨에는 눈물과 같은 반짝임이
옷에는 음식 찌꺼기 같은 그리움이
얼고 있었다

풍금 고치기

이건 비밀스럽고 중대한 작업
위험을 각오해야 하는 일이지만
아이들에겐 보물을 찾아주는 일

한 줄에 매달린 종이 한꺼번에 울리듯이

먼저 뚜껑을 열고
표본을 집어내듯 조심스럽게
숲을 이룬 먼지를 지나
눌러도 침묵하는 키를 적발한다
서두르자, 아이들이 몰려오기 전에
이 신비한 내부를 들킬 수는 없는 일

발판을 밟고 바람을 집어넣는다
찢어진 곳은 막고 어긋난 곳은 기워놓는다
이젠 뚜껑을 덮고
악어 이빨 같은 건반을

한 줄에 매달린 종을 한꺼번에 울리듯이
눌러본다 물론 고요를 고집하는 놈도 있다
이런 놈은 되도록 피해 간다
누르기도 전에 바람만 넣으면 소리치는 것은
제 몸에 나를 맞추라는 신호
화음은 이럴 때 긴요하다

끝나면 아이들 불러모은다

한 줄에 매달린 종이 한꺼번에 울듯이

새처럼 입 벌려 노래하는 아이들
한 줄에 매달린 종처럼
땡 땡 땡 땡 땡 땡

도둑의 노래

열린 대문을 버린다
담을 옮기고
개를 내 편으로 만든다

소리를 죽여

바닷속이다

숨죽여

창을 연다
침묵에서 황금을 꺼내듯이

끈 하나 밟지 않는다

아름다워라
백주의 빈집털이

즐거움이여
도둑질 나간 나를 터는
도둑질이여

대가의 죽음

아스팔트길이 끊어진다.
따라오던 노란 차선도
진창이 된 흙길로 내려가는 것보다
새 건물을 세우는 영안실
서로 가로막혀 투덜대는 트럭을 바라보는 것이

나을 수도 있다.
그러나 나는 아직 눈감은 그를 보지 못했다.

흙인가, 무엇인가
내가 딛고 있는 것인지 달라붙은 건지
분간이 되지 않는다.
새로 맞춘 안경도 마음에 들지 않는다.
불쑥 꽃피운 나무도

그래도 나는 해야 할 일이 있다.

그는 뒤집어엎고 땀 흘리고 짓밟았다.
나는 책의 숲 한가운데에서 떨고 있었다.
이 조그만 나라의 폭군을 누구나 증오하리라.

그는 엄청난 책을 가졌고
전화 받고 한숨도 못 잤다는 친구와 기절한 아내와 아직 달려오지 못한 아들과

먼 나라로 시집간 딸과 약간의 빚을 남겼다.

시계가 보이지 않는다, 시간을 물어볼 사람도
영안실에 박힌 흐린 창들이 노을로 충혈된다.
담 밖에서는 깔깔거리는 웃음소리가 넘어온다.

그는 힘차게 숨을 내쉬고
껄껄거리며 나를 내쫓았다.
나는 문 옆에 서 있었다.
그가 스스로에게 내리는 비밀스러운 명령을 경청하면서

자, 이제 고쳐볼까
나는 끌려들어갔다.

한 떼의 사람이 서로 부축하고
부축한 채 울며 내려간다.
시간이 궁금한 게 아니다.
그가 죽을 때에도 당당했는지 묻고 싶지 않다.

책을 받아, 나는 책을 쌓았다.
네 주머니에 넣지 마
나는 주머니 속의 먼지까지 털어 보였다.

죽음 때문에 사나워진 사람들이 어슬렁거린다.

노을이 꺼졌는데 아직 불은 켜지지 않는다.

주름투성이, 늘어진 눈꺼풀을 들고 있는 그를 상상한다.
이제 그는 쓰러졌다.

관뚜껑이 들리고 사람들은 허겁지겁 모여든다.
숨을 참은 얼굴, 곁눈질이 오간다.
작은 울음은 끊어지고 한꺼번에 폭발할 울음이
침묵의 뇌관을 단 채 조심스럽게 날라져온다.
놀람이며 안도감이며 슬픔이 한꺼번에 덤벼든다.
잠든 사람은 하나뿐인데 준비된 건 이렇게 많다.

어린놈아, 이제 시작이야

그의 눈은 열려 있다.

나는 보지 못한다.

그의 눈이 닫힌다.

나는 본다.

첫사랑을 기리는 노래

당신은 지붕으로 올라가 어디론가 갔지
길 없는 곳
가운데를 열어둔 시간 속으로
그날 손을 흔들 때 별은 빛났네
별이야 늘 들여다보면 빛나는 것

당신이 이제 없다는 것이 무슨 의미냐고 물어줘
제발 중얼대지 말고 외쳐봐
내 속을 텅텅 울려
밖으로 흘러내리게 흘러가도록

푸르게 푸르게 솟아오르는 숲을 보아도 아네
멀리 떨어진 집들, 속에서 흔들리는 따뜻한 공기
당신이 없을 때 사물들은 이리 친하네
당신이 영원히 사라져버려
내가 마음껏 울 수 있게 해주기 때문

문득 태양은 훈장처럼 걸리고
알 밴 바람은 미친 말처럼 달아나네
마침내 내가 인간이기에 지쳐
날 선 도끼가 되어 당신께 날아가 박히네
당신이 한 그루 나무로 자란 그 자리에

그리고 녹슬어가리

별이야 들여다보면 빛나기 마련
이제 사랑은 어린아이처럼 사라져가리니

제2부 꽃 한 송이 한 그루 나무

풀잎에 맺힌

톡 떨어지고
톡 오가며
톡 마시고 먹고
톡 소리지르고
톡 웃고 울고
톡 따고
톡 잃고
톡 집권하고
톡 실각하고
톡 죽는다
톡 톡 톡 톡 톡 톡 톡 토독 토도독
그리고 그 밖의 수많은 톡 토독이여

너의 인생이여
커다란 눈물 한 방울, 풀잎에 맺힌 이슬에 무엇이 다르랴

어지럴싸 꽃잎은

비 새로 오고 까치가 울고
비행기 소리 나고
꽃이 피네 꽃이 피었네
거꾸로 받쳐든 우산 같으며
밤새 애인 그린 처녀 눈처럼 붉나니

어지럴싸 꽃잎이여
바람에 지네
바람에 지네
비 내려오고 비 내려오고

그 봄이 사랑이다, 사랑이었구나

갑자기

경아, 신이(神異)를 좋아하는구나. 네게 얘기하련다. 북해 너머 구름까지 솟은 산 아래에 한 나라가 있는데 그 나라보다 나이가 많은 사람들이 거기에 산단다. 단명하는 사람이 구백 살까지 산다니까. 이 나라 사람들은 아침이면 이슬을 마시고 황금에 단사를 섞어 먹는다. 그러곤 해를 향해 서서 아랫배를 볼록하고 단단하게 하는 호흡을 하지. 점심때는 나라 가운데 있는 샘에 가서 물을 떠먹는다. 그 물은 신의 똥(神糞)이라 일컬어지는데 고름처럼 깊은 맛을 내고 소의 젖처럼 뿌옇고 벌의 꿀처럼 달고 과일의 술처럼 취하게 한단다. 물을 마시곤 둥그렇게 둘러 누워 해가 질 때까지 사랑을 나눈단다. 저녁이면 이슬을 마시고 수은을 엷게 바른 흰 유리떡을 먹는다지. 성미 급한 사람이 있어 남 먼저 죽으려 할 때는 '갑자기'라는 술법을 쓴단다. '갑자기'는 제 몸을 새끼줄로 여섯 번 친친 감고 목에는 헐겁게 세 번 둘러 그 끝을 뿌리 없는 나무(無根樹)의 가지에 걸고 나무에서 뛰어내리거나, 제 몸을 여섯 번 힘없이 칼질하고 목은 세 번 힘껏 찌르거나, 불타는 나무에 뛰어들기를 으랏차차 소리치며 여섯 번, 죽을 때까지 말없이 세 번 하는 것이란다.

그림자 속으로

보는 것이 우리를 속인다 그들은 우리를 보지 못한다
우리를 번롱하는 저 모니터의 눈은 우리를 보고 있지 않다 그는 다만 기계의 눈을 본다
그는 주어진 대본으로 지껄인다 그는 월급쟁이가 아니고 노동자가 아니고 농사꾼도 아니다 그는 우리가 아니다 똑똑하다고 말하는 우리의 똑똑한 이웃이 아니다
그를 두고 우리는 그림자라고 말한다 이미지
이미지 그는 어디나 있다 이를테면 전화 속의 목소리 일기예보 신문기사
사실이라고 말하는 언론의 뒤에서 사실이라고 믿으라는 가짜 목소리 그들은 말한다 우리는 다만 진실의 편을 들 뿐 누구를 위해서도 봉사하지 않는다 종속되지 않는다 그런데 그들의 목소리는 나를 향하고 있지 않고 누군가 그렇게 믿어줄 것이라고 믿고 있을 뿐
아니 그들이 말하기 좋아하는 대로 믿어질 뿐
엉터리 그것은 엉터리라고 말해야지

차를 타고 가는 것 차가 깔아뭉개는 그것 고양이 사람의 육체
누가 깔아뭉개는가 그건 차이지 사람은 될 수 없다 차의 잘못이다 사람이 차 때문에 갇힌다는 것은 이해할 수 없다
그렇다 이해할 수 없다 진짜로 책임질 사람은 차를 만들고 길에 내놓는 자들은 누구인가 차가 아니면 살 수 없

게 만들어놓은 자들은 누구인가 아무도 없다
대답할 사람은 아무데도 없다 그들은 그림자이다
그들은 정치적이고 그림자를 이용할 줄 안다 그들은 여론이라고 국민이라고 저를 속이고 저의 식구를 속이고 저의 벗들, 적들을 속인 다음 여론과 국민을 속인다
그들은 그림자를 애용한다 그들은 이미지를 향해 말한다 그들은 기계의 눈에 익숙하다
그림자는 그림자와 친하다 우리는 믿지 않는다 우리는 살아 있는 육체와
입맞출 수 있는 입과 껴안을 수 있는 가슴과 맞댈 수 있는 맨살과 때려줄 수 있는 몸집을 원하고 그에 대해 이야기할 수 있는 그림자를 거느린 존재를 원한다
누군가 그림자를 거두어간다 그림자는 우리를 덮고 저 자신을 덮는다

그림자는 이차원이지 저건 그림자일 뿐 깊이도 높이도 없어 우리가 어둠 속으로 가버리면 존재할 수 없지
그런데 그림자가 없는 육체는, 인간이 아니다 그림자가 있어야 입체는 물성을 갖는다
우리의 그림자를 거두어 입체를 빚어내는 제작자들 흘러가버리는 그림자 때문에 매일 술독에 빠질 수밖에 없는 가엾은 우리의 이웃들
그림자가 힘이 있다고 믿는 그림자들 그림자의 시녀 유령처럼 작은 그림자를 거느리고 살면서도 그림자에 파

묻히는 그들 그림자를 제대로 만들 수 없는 정치적 자본적 사회적 지적 환경에 대하여 불평하고 분노하고 분개하고 영리하게 타협하는 그들

그림자를 거둘 수는 없어 우리는 매일 저녁 그림자 앞에 다가앉는다 무엇이든 우스갯거리로 만들어버리는 사회자가 진지한 눈물을 자아내는 우리의 가수를 모욕하고 추행할 때

우리 성욕의 화신인 그녀의 입에서 예쁘고 귀여운 소리만 나오도록 할 때 그녀 의식을 전족하고 유치하고 바보 같은 말로 실패하고 실수하고 아장거리게 할 때

그녀의 가슴속에 죽어버려 이 벌레 새끼야 같은 욕설이 넘치고 있음을 상상하도록 할 때 우리는 죽고 싶다 그림자들의 놀음 속에서

문학이라는 그림자 우리는 문학이라는 판이 있다고 하고 누구도 그 판에 있다고 생각하지 않는 그놈의 판이 있다고 하고

시를 제작하고 그 판에서 이야기한다고 느끼고 누군가 읽을 것이라고 상상하고

세상과 역사를 향해 말한다고 적어둔다고 기록한다고 항거한다고 말한다 느낀다 진지한 우리의 생각이 그림자가 아니라고 믿는다

그런데 이 글자는 가짜가 아닌가

이 문장은 엉터리가 아닌가

역사와 세상이 그림자는 아닌가 누가 만들었는지 모르는 기괴한 자동 소화 장치를 가진 괴물은 아닌가 도둑이 아닌가 우리의 꿈을 앗아가는 그림자는 아닌가
나여 가엾은 시의 생산자 그림자를 토해 그림자 위에 씌우고 그림자 속에서 그림자를 논하는 그림자여
나여 가엾은 제작자
나를 가엾게 여기는 나는 그림자가 아닌가
우리가 보는 것이 우리를 속인다 나는 기계의 손을 본다 기계의 손이 나를 붙잡고 고백을 쓴다 쓴다 쓴다
반성도 욕됨도 없는 저 무진장한 힘의 원천
나를 붙들고 불평하라 냉소하라 말하면서 쓴다 쓴다

우리는 그림자를 원한다

작은 권력에 맛을 들이다

우선 에로틱하다 에스컬레이터를 타는 것은, 그것이 올라가는 것일 때

너를 기다리는 조명과 상품과 포장지, 제복 입은 여자들이 안겨주는 종이백이 죄다

이 백화점에 지하로 내려가는 에스컬레이터는 없다 그것을 알려면 사들인 물건으로 뚱뚱해져야 하는데

지하철로 내려가다, 가며 야금야금 깨닫게 된다

없구나, 하강은 그들의 사전에 없다

언젠가 이야기했지 속물이 되어가는 예후가 있다고

신문을 보니까, 혹은 어제 아홉시 뉴스에서로 말을 시작하면 너는

운동을 해야겠어, 몸이 그전 같지 않다고 핑계를 대거나 하면 넌

내 인생은 이래라고 간단히 정의하는 짓, 나아가 너는 이렇게 생겨먹었고 죽을 때까지 변할 수 없어, 라고 말하는 따위

네게는 목표가 있다 오늘, 금주, 월간, 연간 목표에 개인적, 가족적, 국가적 목표를 포함한 수많은 목표가 있어 그걸 달성하는 것이 인생의 목표이며,

그 목표를 달성하는 데 변수가 많아서는 안 되므로 네가 알기에 가장 잘 변하는 집합, 개체 그러니까 인간의 속성을 움직일 수 없는 것으로 해야 하고

너는 그들을 서민이니 대중이니 시민이니 중년이니 월

급쟁이니 소음인이니 규정하고 그것을 거부하지 마, 어리석은 짓이라고 말하지 않느냐

너는 평균의 찬양자다 평균 수입, 평균 성적, 평균 체중, 평균 수명,

같은 체조경기라도 평균대를 좋아하겠지 음악이라면 평균율 피아노곡

운동도 하루 평균 한 시간, 일주일 평균 다섯 시간 하루 평균 삼천 칼로리 섭취 칠천 걸음 걷기 등등

다만 너는 평균보다 늘 뛰어나야 하지 평균 체중 이하는 유지하면서

통계와 확률에 포위되어 있다 꽁꽁 묶여 너 아닌 너를 납득할 수 없다

평균인들, 일제히 일어나 일제히 아침을 먹고 일제히 뽀뽀하고 일제히 지하철을 타서 일제히 신문을 펴들고 일제히 놀라고 일제히 침묵하고(이중에 일제히 할 수 없는 일은?)

일제히 일제히가 아닌 일을 하지 않고 못하고

언제든 무슨 사고를 당할 수 있다는 점에서 통일되어 있는

너는 확대된다 에로틱하다 너는 포장된다 너와 너의 옆, 너의 뒤를 구분하지 못한다

그래 네가 슬퍼하면 세상이 슬프다 평균적으로

너는 언제부터 그 작은 권력에 맛을 들인 거냐

꽃을 피우고 섰다

구부러진 것의 원조인 뿌리와 김매는 사내들의 허리
동굴, 그 안에서 흘러나오는 샘물
풀을 뜯는 짐승의 목이며 전환기의 지성이라는 것
구부리고 구부러지고 구부러지게 하는 것 사이에서

홀로 꽃 피우고 섰다
이름 모를 나무

또 지나가는 기차를 향해 연기를 뿜는 농부

반복

이 지독한 버스를 기다리는 것도 습관이 다 되었다
언제 올지 모르는 막연함에도 진절머리가 난다
내가 진절머리 내는 건 버스가 아니라 이 기다림이다
신문을 보는 것도 비를 맞는 것, 처마밑에서 지나가는 여자들의 다리에 튀어오르는 흙탕물의 성분을 짐작해보는 것
모두 신물이 난다
버스를 탄다 찢어지는 옷자락 누가 옷에 갈라진 틈을 만들었는가
너는 네 옷이 복잡한 퇴근 버스 안에서 종이처럼 찢어지는 것을 참지 못하겠지 그것을 집에서 팽개치며 또 망할 놈의 버스가 그랬다고 버스 안에 같이 타야 하는 물질들, 이상한 감촉의 냄새나는 동물들, 그들이 어디론가 돌아가는 이유, 밀어붙이는 이유가
버스를 타야 하는 반복이 이렇게 옷을 망쳤다고 말하는 걸 상상도 못하겠지
나는 버스 안에 들어 있다 밀리고 밟히고 알 수 없는 사람과 얼굴을 돌린 채 몸과 몸을 비벼야 하고 기막힌 흥분을 맛보아야 하고
가만히 밀고 당기는 거래에 지겨워하다 왈칵 떨어져나가는 이상한 이별 방식에 익숙해져야 한다
가만, 내가 분노하는 것은 그런 이별 때문은 아냐
좁아서도 아냐 땀냄새와 흔한 음식 냄새 동물성 향수가 지겨워서가 아냐 이 피부의 맞닿음이 싫어서도 아니

야 마늘 냄새는 참을 수 있어

이것이 내일도 모레도 반복될 거라는 확신 때문에 100퍼센트의 확률 때문에 그 확률을 다시 생각하는 반복의 반복의 반복

휴거-예수라는 이름의 어떤 신비한 존재가 몽땅 무조건 들어올린다고 버스 안 광고에서 어느 목사가 이야기하고

이 버스가 고가 위에 올라갔을 때 느닷없이 고가도로의 다리가 없어지는데 없는데도 버스가 달린다고 해보자 버스를 바보라고 부를까

바보라고 부를까 그 버스 안에서 미어터지는 육체들을 당장 차를 사버려야지 맹세하는 그들의 상상력을 비웃을까

무정부주의자처럼 단호하게 달려가는 버스

반복을 두려워하는 반복을 두려워하는 반복을 두려워하는 나를 버스는 두려워하지 않고 버스는커녕 버스 운전기사도 승객들도 아무도 두려워하지 않겠지 이건 짐짝 이건 육체 이건 여자 이건 성적 기호

이건 반복의 상징

권력자

그가 미련스러워 우물쭈물하면 사려깊다 말하고
무식하고 저돌적이면 과감하다, 추진력이 있다 할 수 있고
못생겼으면 외모에 신경쓰지 않는 대범한 타입이라고 한다
불평이 많으면 진보 성향, 막무가내 고집이면 보수적이라 하고
지난 일에 미련이 많은 잔소리꾼이면 세심하다
이것저것 참견을 잘하면 두루 꿰뚫고 있다
모함이나 험담 잘하면 달변
등에 붙어 속살거리는 건 재사, 참모형
천방지축 제멋대로이면 다양한 관심을 가지고 섭렵하지 않은 것이 없다고 한다
그가 모든 힘을 빼앗기면 비로소 우리는 말한다
알고 보니 개자식이었군
그러나 그가 소싯적에 우리의 지붕으로 비밀경찰을 보내올 수도 있었고
단추 하나로 지구의 반을 날릴 수도 있었으며
무슨무슨 평화상을 돌아가며 갈라먹던 것을 기억하자
그가 그렇듯 우리도 뼈대와 핏줄이 있다
먹고 숨쉬고 노래하고 배설하는 기관을 가진 것도 똑같다
그와 우리를 다르게 한 것은 무엇일까
아니어도 아니라고 말하지 않는 머리 좋은 추종자가

있었고
  비꼬는 데만 능한 지식인 예술가
  저 높은 곳만을 추구하는 도인들
  용케도 권력의 유전자를 가려내는 카메라와 수첩이

  그와 우리를 다르게 만들었다

나무들, 털고 일어서다

비가 그쳐도 세상은 끝나지 않는다
길은 마구 끊어진다
집 하나 비명처럼 전선을 목에 감고 잠겨간다

윗논에서 아낙은 비료를 친다
오리는 제철을 만났다

사람아, 겸손을 타고나는 법은 없다
겸손해지는 것이다

절마을

유리창이 휘었다 돌아간다
이 바람에 저희는 오래전부터 날고 있다
감자를 놓으며 소를 끌며
돌담이 나지막이 흐느낀다

오월 아침 얼음이 언다
겨울옷을 입고 입히는 아이들
읍내 학교 갈 때는 여럿이 차를 타고
돌아오면서는 하나씩 빨갛게 걸어온다

이 마을엔 여름이 없고 사람들은 늘 여름으로부터 온다
오후 다섯시
모자 쓴 사내들 구판장에 하나둘 모였다가
빌려온 소 돌려주러 재를 넘는다
부드럽구나 초저녁 산빛
바람이 다시 유리창을 휜다

꿈에서 깨어

아래 산장 재 섞인 뜨거운 냄새 들린다
자라난다 녹음의 사다리
구름 졸졸 바람 송송

두릅나무 아래에서 오래 울었다

혼자구나, 싫어

생각의 요물

졸면서 운전을 하다 죽을 뻔했던 일을 생각하면서
다시 졸다 큰일나지 하며 또 존다

잠을 자면서 자는 꿈을 꾸면서 꿈속의 내가 다시 잠을 자는 걸 꿈꾸고

술을 마시면서 술 끊는 이야기를 하고 술 끊기로 했던 일을 이야기하며 술을 마시고

사랑하고

이별,

생각이 요물이며 요물 안에 생각이 있다

내 속의 나 슬픔을 아는 이

아이들이 재잘거리며 올라오고
물통을 지고 배드민턴 채를 쥐고 오르는 노인들
사람들 오르고 또 오를 때 딱딱한 열매들이 툭 떨어져 구르고
이따금 까치가 날아올라
차 소리가 희미하게 끊어진다

취하여 의자에 잠든 사내
아아 저처럼 산에 길에 잠이 들었으면
두리번두리번 같이 온 아이를 찾다가
문득 서늘하고 깨끗한 무상을 느낀다면!

길

(경기 땅 어디를 지나다가 무심히 창밖으로 뻗어 있는 길을 보았다. 길은 희고 불룩한 배를 드러낸 채 땅을 파며 기어가고 있었다. 저처럼 생식에 골몰해 있는 꼴이 아름답지 않습니까, 하였더니 스승께선 잠자코 웃으셨다.)

저희대로 끝없이 유혹하고 끌어들여 잡아먹고 잡아먹히며
문득 낭떠러지를 인가를 매다는 길
숨처럼 풀꽃 내뱉는 더운 몸뚱이
늘 발정한 만삭
길이여, 낡고 아름다운 은유여
너로서 세상 귀퉁이마다 밝게 들린다

못난 개

커다란 덩치에 눈은 긴 털에 가려 무슨 속셈인지 들여다보이지 않고
어슬렁어슬렁 시장바닥을 돌며 쓰레기통을 뒤지거나
아이들한테 쫓기거나 어째 저렇게 못났나 하는 소리나 들으며
못난 개 이름을 아는 사람도 부르는 사람도 주인도 없는 개
겨울은 어떻게 났는지 봄만 되면 어슬렁어슬렁
못난 개
짖지도 않고 무는 일도 없고 밥 달라고 잡아끄는 적도 없고 있으면 있는 대로 없으면 없는 대로 때 되면 사라지고 잊어버리기 전에 나타나서 보드랍고 윤기 흐르는 혀를 내밀며 쩍쩍 하품을 하는
못난 개

장기알

네거리에 불났다
가게들 연기에 휩싸이고 불은 짐승처럼 헐떡이며 붉은 길 뿜어낸다
소방차가 빽빽거리며 달려오고 무슨 가게더라
구경하는 사람들 기억해두려 애쓰고
불났다 네거리 늘 장기 두던 사람들 보이지 않네
불 꺼지고 다 타버렸다 싱겁게 고요히 무너지고
네거리 한구석 시커먼 구멍처럼 깊어지고

지나다보니 장기알 같은
마(馬) 졸(卒)들 젖어 누우셨다
이제 고향이나 갈까 안된다는 농사나 지을까 아님 약초를 심을까
두런두런 도깨비처럼 시커먼 얼굴들 누워 누워 나누는 말씀

술꾼

외삼촌은 철들고부터 하루에 소주 한 병씩을 마셔와서 이제는 술고래 가운데 드문 고희가 되셨다
세 끼니 밥 먹을 때마다 막소주 한 사발에 간혹 저녁을 거르는 날이면 밤늦게까지 벗과 잔을 나누어
자신의 평균 주량을 유지하고 착한 벗들은 속병으로 먼저 술을 끊게 만드셨는데
그럼에도 의인이라고 마을 사람들이 생각하나니

영감님 땀 한 방울이면 술 한 방울을 드셔서 이제 술에도 땀에도 도사가 되셨다
그가 일군 이랑이며 굳힌 낟알들이며 썩힌 풀과 성정이며 오래 묵은 술귀신 포함 무엇 하나 세상과 원수지지 않은 것이 없고 하다못해 마나님과도 원수가 져서
술 한잔에 잔소리도 한 바가지인데 그에 눈 부라리고 호통치는 데도 이골이 났구나
나아가 취해 부르던 장난 노래가 거진 시가 다 되었으며
집 앞 추자나무는 오로지 그 어른 오줌만으로 아이 불알만한 호동그란 열매를 떨구나니

전쟁이고 혁명이고 소 돼지가 새끼를 낳든 알을 낳든 그를 어쩌지 못하리라
이제 천지의 누가 그를 찾고 천지의 그가 새삼 누구를 말하겠는가

다만 술만이 묵은 담장에 버섯 피듯 제집을 찾아 깃들인다
사람이 아니면 누가 술의 어여쁜 아이를 배 안에 일생 품었다 저승 가며
슬며시 늙은 벗을 보내듯 놓아 보내겠느냐

귀를 움직이다

한밤중 부엌에서 물을 마신다
무엇인가 날카로운 끝을 긁어대는 게 있어
벌레인가, 들여다보니
소리 내는 게 어디 나뿐인가, 라는 듯이
밥통의 불이 보온으로 바뀐다

냉장고도 소리 내기 시작한 게 오래인데
잊고 살아왔다 이젠 그 소리도 오래되어 음률을 배웠는지
노래에 가까운 소리를 낸다
오래 흐른 물이 도통하여 때로 말씀으로 들리듯이

소리 낼 수 있는 건 이것뿐은 아니다
구석구석을 더듬거리는 벌레들의 더듬이
목 졸린 수도꼭지
캄캄한 통 속의 가스
정수기에서 떨어지는 물방울
형광등은 일 분에 수천 번씩 깜박인다 하고
잠든 아이의 입술은 황금의 말을 머금고 있다

지하를 흐르는 물방울의 합창
성층권에 부딪혀 뿌려지는 전파
우주에서 별의 죽음을 알리는 빛이 날아오고
탄생의 중얼거림, 파동의 띠에는 고요도 불순물처럼

섞여 있을 테니

그들끼리의 신호는 얼마나 될까
물을 마신다
귀가 자란다
또 무엇인가 소리 없이 공기를 휘젓는다

먼지처럼

이사 온 후부터 먼지 때문에 창문을 닫고 산다
이따금 아내가 청소를 하란다
손이나 빗자루가 닿지 않는 깊고 고요한 곳
이를테면 장롱이나 침대 밑 서랍 뒤 같은 데
내가 진공청소기를 윙윙거리며 먼지를 빨아들이는 동안 아내는 말한다
웬일일까 매일 쓸고 닦는데, 그 많은 먼지가 어디서 생기는지

먼지가 유리창을 뚫을 필요는 없어
잠깐씩 열리는 문으로 바삐 들어올 일도 없고
정정당당하게 정문으로 정면으로 들어오는 거야
도깨비처럼 우리 신발이나 옷에 묻어와서는
아무 일도 아닌 것처럼 떨어져나가곤 하지

먼지는 우리가 잠잘 때 움직이지
아주 작은 숨소리에도 춤출 수 있어
공기에 미세한 구멍을 내고 저희만 아는 신비한 길을 따라
어느 곳으로나 퍼져나가지

알고 보면 우리 자신이 이 땅에 깃들인 먼지가 아닌가
남극이나 툰드라 열대의 바다 어디나 파고들어 우글거리다

죽음의 아름다운 흡인력에 끌려나오는

그들 먼지들
우리가 거듭 묻히고 끌어들이는 가벼운 존재들

아욱꽃

내 눈뜬 헛것으로 떠돌았을 때
만난 그, 용포(龍浦)에서 왔다는 김(金)
산판의 떠돌이
용포는 게서 차로는 한 시간 걸어서 하룻밤 길인데
예닐곱 살 고향 떠나 아직 한 번도 발길 닿은 적 없는 그 무한 거리
젊을 땐 왜놈들에게, 조금 지나선 핏줄과 사상에, 나이 들면서 젊은 기술자들에게
일생을 호통 들으며 한 번도 돌아갈 생각도 않은 채

후일 내가 용포 어딘가에서
허물어진 한 사내 만났으니, 용포 김씨
시장바닥 오랜 주막 처마 아래
둘이 마주앉아 벌벌 떨며 가벼운 술잔 받들었네
어찌 잘못하여 뜨거운 술국 쏟으니 허벅지 데며 그이 조그맣게
아 뜨거 아아 뜨거라고

이 땅에 이 같은 아버지 무성하시니
아욱꽃인가

이사

버릴 것 버리고
버리기 위한 목록도 버리고
돌아서면 거미 한 마리가 빈 벽에 집을 짓고 있다
그 광경을 담아두려는 마음마저 버리고 나면
기억의 흙이 흘러내린다

여기서 아이를 낳고
저기서 아내와 논쟁했다
아이들 뛰다 미끄러지던 곳
책상 다리가 버티던 하얀 흔적
냉장고가 쿵쿵거리던 구석자리

문을 나서다 돌아본다
또 무엇을 남겼을까
이별과 떠남의 신비

거미가 집을 다 지었다

유랑의 무리

눈 내리고 홀로 불 밝은 이층 교회
낮은 노랫소리 들려온다
한 그림자 그 아래 눈 맞으며 서 있어
어느 겸손한 영혼인가 여겼다
사방 모두 잠들어 늘어진 끈이 벽을 딱딱 내리치고
지나며 그 그림자 쌀집 가게 여인의 것인 줄 알았다
늘 낮에도 홀로 불 켜고 장난감처럼 작은 손으로 바느질하던 여인
문득 그 가게 며칠 전 불난 게 생각났다
통곡할 힘도 없이 이 여인 넋 잃었고
그리 씩씩하던 남편은 굴뚝으로 변해버린 가게를 힘없이 뒤지는데
아이 하나 아랫도리 벗은 채 잘못을 저지른 화신(火神)처럼 울고 있는 것이었다
지금 이 여인은 무엇을 하는가
자세히 보니 잠든 아이와 보퉁이 실은 손수레를 어두운 처마 아래 두고
자신은 밝고 무거운 눈 온몸으로 버티고 있다
아이와 아이를 닮은 보퉁이가 무슨 보물이라도 되는 듯이
혹 가벼운 눈보라에도 들통날 일이 있다는 것인지
멀지 않은 곳에 고양이처럼 우는 취한 사내 있고
노랫소리 다시 들린다
내 아버지가 보고 싶네

내 본향으로 가려네
내 아버지께 나아가려네

차갑고 단단한 고드름같이

밤늦게 방의 불을 끄러 다니는 자.

—왜 맨날 다 떨어진 속옷만 입으세요?

질문에 대답하지 않는 사람. 아이들이 모르는 사투리를 쓰는 사람. 평생 한 번 집을 짓고 그 집이 무너질 때까지 이사를 하지 않으려는 사람.

해마다 대문에 칠을 하는 사람.

—다른 사람을 시키지그래요.

결코 그렇게 하지 않는 사람. 굵은 땀을 흘리는 사람. 땀을 닦지 않는 사람. 늘 땀구멍 큰 피부에 칠 묻은 옷을 걸치고, 충고에는 귀도 기울이지 않는 존재.

—지금 나무를 심어서 어쩌시려구요. 이 나무는 백 년은 지나야 다 자랄 거예요.

—나는 내가 할 일을 다 했다.

그러나 당신은 당신이 번 만큼 써본 적도 없고.

—너희를 믿을 수 없다. 알아서 해라.

그렇지, 그에게 등을 돌리고 떠나가는 사람들에게 늘 하는 말이란.

일찍 우리 곁을 떠나는 사람. 어쩌다 기억이 나는 사람. 그를 기억하는 순간, 잠시 길에서 멈춰 가슴을 어루만지게 만드는 고독한 힘. 차갑고 단단한 고드름같이,

아버지?

아버지.

아버지……

검은 암소의 천국

—중국에서의 편지 1

비가 쏟아지고 물이 불었다. 이웃 마을에서는 집이 떠내려가고 사람도 함께 쓸려갔다는 이야기가 들린다. 잘 익은 살구 빛깔의 흙탕물이 흘러넘친다. 나무들이 몸을 털고 일어난다. 걱정할 것 없다. 이 마을은 높다. 우리가 물에 잠기면 세상이 모두 잠기겠지. 검은 암소가 걸어나온다. 이제는 물이 되어버린 마을을 향해 슬며시 울어보다가 채소를 뜯는다. 한 번도 마음놓고 뜯지 못했던, 인색하고 시끄럽던 이웃 마을 사람의 밭.

서른번째 사랑을 기리는 노래

첫사랑은 두번째 사랑을 낳고 두번째 사랑은 세번째 사랑을 낳고
세번째 사랑은 다섯번째를 여섯번째는 열세번째를 낳고
네번째 사랑은 첫사랑을 닮고 일곱번째 사랑은 아무것도 닮지 않고 하늘에서 절로 익어 떨어진 열매 같고 여덟번째 사랑은 아직 끝나지 않았네
서서 한 사랑 누워 한 사랑 밥 먹으며 한 사랑 바다에서 산중에서 길에서 실을 끌고 다니는 바늘처럼 밖과 안을 구별 없이 꿰매댄 사랑
노래로도 글줄로도 거짓으로도 꾸밀 수 없는 사랑
처음부터 끝까지 신음뿐인 사랑이 있고 이목구비 잘 갖춰진 산삼처럼 돈도 쓸개즙도 시간도 아름다움도 다 닮게 만든 사랑도 있고 원래 헐벗은 사랑이 있고
사랑을 사랑하는 이상한 사랑도 있었네

바라기는 서른번째 이 사랑이 이전의 사랑과 앞으로 따라올 사랑 어느 것과도 닮지 않기를

평화의 집

철길 따라 꽃길
개를 끌고 노인이 지나간다
안개가 팻말을 기어오른다
꽃 넝쿨 떠오르고 문은 가라앉는다
집 하나
문득 놓인다

밤샌 아침, 젊고 힘센 얼굴들
자는 듯 흙 위에 쓰러져 있다
스스로의 안을 향하여 깊은 눈을 뜨고

먹는다

땅에 적당한 크기의 원을 그리자. 원을 따라 철망을 세우고, 세 마리의 뱀을 집어넣자. 먹을 걸 주지 말자. 먹을게 떨어지는 일이 없도록 지붕을 만들자. 다른 누가 땅구멍을 파지 못하도록 하자. 닫자. 기다리자, 뱀이 서로 먹을 마음이 나도록. 한 마리가 배가 고파진다. 돌아보면 먹을 것이라곤 같은 뱀밖에 없다. 뱀은 알고 있다. 최후의 일각까지는 동족을 먹으면 안 된다는 것을. 그리고 또 안다. 다른 뱀도 그 사실을 알고 있으리라는 것을. 그런데 배고픔은 이런 도덕률에 들어 있지 않은 사항이다. 뱀들은 배고프다. 최후의 일각이 천천히 다가온다. 차마 자신을 닮은 얼굴부터 먹을 수는 없다. 다른 뱀도 사정은 마찬가지다. 그래서 꼬리부터 먹기로 한다. 한 마리가 다른 뱀의 꼬리를 먹기 시작한다. 꼬리가 남의 입에 들어간 뱀은 다른 뱀의 꼬리를 문다. 그 뱀은 애초에 남을 먹기 시작한 괘씸한 동족의 꼬리를 문다. 그들의 이빨은 목구멍 쪽으로 굽어 있어 한번 삼키기 시작한 먹이는 뱉을 수가 없다. 다른 뱀을 먹는 기쁨과 다른 뱀에게 먹히는 고통으로 뱀의 꼬리는 전율한다. 마치 춤추는 화살처럼 서로 빨려든다. 먹는다고 금방 소화되는 건 아니다. 또 씹는 법도 없으니 남의 뱃속에 들어갔다 하더라도 아직 멀쩡한 꼬리이며 몸통이다. 뱀들은 숨이 차도록 서로를 먹는다. 찢어져라 입을 벌리고. 드디어 몸통을 먹는다. 평소의 두 배 굵기가 되는 그것을. 뱀이 그리는 원은 점점 두꺼워지고 지름은 짧아진다. 목까지 찼다. 몹시 두들겨맞

기라도 한 것처럼 뚱뚱해진 목이다.

뱀은 생각한다. 이제 배고프지 않다. 그만 먹을 수 없을까. 내가 마저 먹어치운다면 나 역시 먹힐 것이다. 나를 먹은 그 녀석도 먹힐 것이다. 누구에게? 아무튼 멈출 수가 없다. 저 철망은 무엇을 위한 것인가. 지붕은, 또 이 흙은. 나의 생은 행복했는가. 그런 때가 있었는가. 그러면서 먹는다. 먹힌다.

철망을 친 사람에게, 구경꾼에게 이해할 수 없는 일이 일어나려 한다. 문득 사라지는 것이다. 세 마리의 뱀이.

노래를 기리는 노래

그는 아주 조금 먹었다.
최소한만 입고도 죽음보다 멀리 갔다.
가족이 있었던가, 누구의 기억에도 없다.
그가 가는 곳마다 살의를 품은 바람이 불고 강은 흘러 넘쳤다,
얕은 곳을 못 찾아 쩔쩔매는 그의 모습은 어디서나 보였다.

그가 바람으로 짠 그물을 던질 때 휘파람 같은 아침이 시작되고
그의 그물 안으로 물고기들이 뛰어들 때 짐승들이 허리를 구부리고 돌아오는 저녁이 되었다.
그 무렵 하루하루는 얼마나 반짝였던가.
비늘이 떨어지듯 낮이 사라지면 끈적한 어둠이 골목마다 흘러내렸다.

그가 물고기를 익히는 부드러운 불빛은 어느 창에서나 볼 수 있었다.
저것 봐, 불이야.
쉿, 혼자 불을 피우다니.
묘지에 영혼의 불이 떠다니는 것을 보고 사람들은 그가 거기 있다고 믿었다.
그는 농부로 변했고 노동자로 자랐다.
유령처럼 그는 돌아다녔다.

채석장의 불꽃이 튀는 곳에 그가 있었다.
용광로에서 일하는 사람들은 그의 꿈을 꾸었다.
저녁 식탁을 비추는 불빛 속에 그가 있었다.
그는 초대받지 못한 채 음식 냄새처럼 우리의 허파에 들어오고 혈관에 섞여들었다.
유리의 투명함, 돌의 표정, 물의 고요 속에 그가 있었다.
샘 속에 비치는 얼굴, 그루터기에 앉은 화전민이었다.

우리는 그를 적발하고 찾아내고 감시하고 죽였다.
천천히 그는 죽어갔다.

우리 중 누구도 그에게 음식을 줄 수 없었다.
개를 시켜 그를 물어뜯게 했다.
그가 나타나면 아이들의 눈을 가리고 귀를 막고 돌을 던졌다.
우리는 단결해서 그를 따돌렸다.
숲을 엎어 도시를 만들었다.
길을 만들고 팻말을 세웠다.
그는 병균처럼 쫓겨나고 쫓기고 쫓겨다녔다.
우리는 그가 빠져 죽을 정도로 침을 뱉고 묻힐 만큼 돌을 던졌다.
그때마다 그는 죽었다.
흙은 흙으로 돌아가고 숨은 바람 속에 흩어졌다.
망치는 녹슬고 그물은 해지고 쟁기는 부러졌다.

그는 묻히고 머리끝까지 때려박혔다.
날개 달린 살찐 벌레들은 그를 맛나게 먹어치웠다.

그러나 이상도 하지.
바람이 침묵하는 그때
짐승의 새끼들이 태어나고 열에 떠 있던 아이들이 울음을 그치는 때
꿀벌의 날개 소리가 멈춘 숲의 한가운데처럼 고요히
모든 것이 꼼짝 않는 때
그는 어디선가 다시 태어나고 우리 앞에 나타나
모자를 벗으며 인사를 보내오는 것이다.
아이들은 그를 아저씨라고 부른다.
개는 꼬리 치고 소는 고삐를 끊고 달려나간다.
그가 실수처럼 우리의 문앞에 서면 자물쇠는 저절로 부서지고 문은 신음하며 열린다.
그를 겨냥했던 대포는 하늘을 향해 축가를 부르고
날아가던 총탄은 꽃이 되어 떨어진다.
엉망진창, 엉망진창, 엉망진창.
어항 속 물고기가 말을 걸어오고
전쟁은 조약도 없이 끝나고
연인들은 미치고
책에는 곰팡이가 슬고
독수리 둥지에 뻐꾸기가 살기 시작한다.

마침내 깨닫는다.
우리는 소금을 눈으로 맛보았다.
노래를 입으로 들었다.
전쟁은 책으로 치렀다.
우리의 피는 그의 것이다.

노래여, 노래하라.

물이여 차가움을 보여다오
불이여 열망을
사막아 그리움
못아 견고함을 알게 해다오

노래여, 네 지극한 아름다움, 그대에게서 흘러나오고 그대에게로 돌아가는 것
두두둥둥둥 발바닥부터 머리끝까지 미치게끔
번성하라 영원하라 아니면 우리의 생애 동안이라도 멈추지 말라

그대, 노래여.

말의 왕

아니
말의 모래 위 늘 뜨거운 바람
순간마다 살생과 혁명의 이유가 있다는 것
또 아니

크고 살찐 혀, 붉은 혀, 길게 늘어진
혀, 그리운 멜론 향, 침을
떨어뜨리는 혀요, 매일 자라는 혀, 무한히 커지는 혀

향아, 노래하는 법을 가르쳐줄까
아는 노래는 부르고 모르는 노래는 부르지 않는 것

아주 작은 말, 불의 혓바닥처럼 붉고 귀여운 왕이 가질 법한 혀, 갇혀 있는 말이요, 거기서만 왕일 뿐이요, 쉬지 않고 움직이는

사랑처럼 녹아 없어지는 혀요, 입속의 혀요, 입속의 왕일 뿐이요……

봄

얼음이 기다리는
그것

겨울

남산(南山)을 들어먹고 북천(北川) 마르도록 마시었네
마지막으로 제 울타리를 뜯어먹는 염소

칼

투명한 칼
가슴샘에서 솟아오르는 영롱한
가져요, 아무라도
모르게 벨 수 있는 칼
아무리 자르고 끊어도 흔적조차 남지 않는
원칙도 반성도 없는 이

누구에게나 심장 바짝 붙어 박힌
칼, 슬쩍 바람이 건드리기만 해도
숨을 흔들어대는
이

제 손으로 빼도 박도 못하는
눈물의 눈물의
투명한
칼, 가져요, 이

칼

집

가마우지가 둥지를 짓는다
하나 쌓으면 하나 무너지는 둥지
한쪽을 메우면 한 계절이 흩어지는 집을 짓는다, 가마우지

한 가마우지가 집을 짓다 가고
두 가마우지가 집을 지으러 돌아오고

한평생 새집을 모르고
떼 지어 묵은 집을 짓고 고쳐 짓고

무너지는 집이 아름답다
무너져 비로소 완성된다

빈터

마음 한곳에 빈터 있다
그 터는 어느 때는 보이지 않게 좁고 어느 땐 끝닿을 수 없이 넓은데
언제부터 그게 내 안에 있었는지, 왜 커졌다 작아졌다 하는지 말할 수는 없다
억년 나이의 바위가 고개 수그린 그곳
밤마다 눈 큰 짐승들이 어슬렁거리는 곳
모른다, 비슷한 데를 가보았는지도
젊음을 식히려고 사랑을 늙히려고, 그렇지 한때 나도 어지간히 돌아다녔지만
이곳처럼 어두움과 크기를, 따뜻하고 황량하기를 제멋대로 하는 곳은 없었다
바람이 희고 검게 갈라지며
여우가 사람으로 환생하는 곳
길이 뭉쳐 또 길을 내며 눈비가 구름이 되는 곳
어쩌다 머뭇머뭇 내 머리를 들이밀면
이놈! 세상 쉽게 살지 말라고
너를 위로하려고 네 안에 있는 게 아니라고
천둥 고함이 내리는 것이다

언젠가는 그가 나를 먹어치울 것이다
아니면 내 너를 씹어먹으리

감나무가 서 있던 집

당신은 마을에서 제일 가난했지요
닭도 개도 세간살이도 가족도 없던 당신
담배를 피우면서 사립문 옆에 한참 앉아 있는 당신은 꼭 집마저 무너질까 걱정하는 얼굴이었지요
당신은 남의 땅에 감자를 심고 감자를 먹고 감자를 다시 심었지요
그런데 당신 집 마당에 서 있던 감나무
당신 손처럼 두툼한 잎에 늘 기름이 흐르고
다른 감나무보다 두 배는 큰 꽃을 피우고
누구네 감보다 빨리 크고 익고
동네 아이들을 그 아래로 끌어모으는 솜씨도 최고였지요
그 감, 가을이면 저절로 익어 떨어지는데
당신은 모른 체 지게를 지고 어슬렁어슬렁 감나무 아래로 지나다녔지요
우리는 당신이 지나가기를 기다리다가
나무 밑에서 떨어질 홍시를 기다리다가
홍시가 뚝뚝 떨어져내린 뒤
당신이 터벅터벅 걸어 돌아오면
무서워서 도망치곤 했지요
그래 당신을 무척 미워했지요
왜 당신은 그 감을 먹지 않을까
왜 우리도 그 홍시 먹지 못하게 할까
왜 당신은 이 모두를 모른 체할까 감도 아이들도 마당

도 감나무도
지금은 알 것 같아요
그렇지만 당신은 이제 세상에 없지요
나무도 이 세상엔 없지요
그래도 그 감나무, 참 멋있었어요
그 홍시, 정말 맛있었고요.

꽃 한 송이 한 그루 나무

시들어간다
그들이 할퀴어주지 않으면

시들어간다
피를 흘리지 않으면

시들어간다 그들이 쓰다듬어주지 않으면 그대가 웃어주지 않으면 그들이 뒤에서 욕하지 않으면
시든다 그들이 저희 무리에 끼워주지 않으면 그대가 머리에 장식하지 않으면 그들이 배설해주지 않으면

시든다 시들어간다 꺾인다

그대의 하잘것없는 온정, 짜디짠 습기, 재 섞인 술과
그들 제멋대로인 노래, 지키지 않을 약속, 과대 포장의 악수, 저희끼리의 조롱으로 얻은 냉소가 없으면

꽃 한 송이 한 그루 나무
마른다

마른 꽃 마른가지 하늘에 걸렸을 때
왜 저기까지 올라갔지
사람들 우두커니 본다

고기를 껴안고

시장 입구에서 멈춘다, 나는
본다, 고기를 내리는 냉동 트럭
허연 입김 사이
천천히 흔들리는 날고기, 매달린
다리, 묶인 몸뚱이
어디서나 날카롭게 기억의 마른땅을 찢는
고기의 장례
시장 입구에서 쓰러졌다, 나는
냉동 트럭 앞에서 얼어붙는다
붉은 등불 아래 푸른 등불 아래 천천히 흔들리는 고기떼
얼어붙은 지방에 갇힌 피, 물기
한 쌍의 고기가 서로를 껴안고
서로의 뼈를 울린다
서로 덜렁대며 목메게 그리워하고
냄새 맡는다 그 감동의 따뜻한 피가
내 목을 적신다

문학동네포에지 004
낯선 길에 묻다

초판 인쇄 2020년 11월 11일
초판 발행 2020년 11월 22일

지은이—성석제
책임편집—김민정
편집—유성원 김필균 김동휘 송원경
디자인—이기준
마케팅—정민호 최원석
홍보—김희숙 김상만 지문희 김현지
제작—강신은 김동욱 임현식
제작처—영신사

펴낸곳—(주)문학동네
펴낸이—염현숙
출판등록—1993년 10월 22일 제406-2003-000045호
주소—10881 경기도 파주시 회동길 210
전자우편—editor@munhak.com
대표전화—031-955-8888 / 팩스—031-955-8855
문의전화—031-955-3576(마케팅), 031-955-8865(편집)
문학동네카페—cafe.naver.com/mhdn
트위터—@munhakdongne
북클럽문학동네—bookclubmunhak.com

ISBN 978-89-546-7044-9 03810

—이 도서의 국립중앙도서관 출판예정도서목록(CIP)은 서지정보유통지원시스템 홈페이지(seoji.nl.go.kr)와 국가자료종합목록 구축시스템(kolis-net.nl.go.kr)에서 이용하실 수 있습니다.
(CIP 제어번호 : 2020001768)
—잘못된 책은 구입하신 서점에서 교환해드립니다.
기타 교환 문의 : 031-955-2661, 3580

www.munhak.com
문학동네